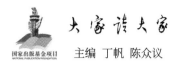

国家出版基金项目
NATIONAL PUBLICATION FOUNDATION

主编 丁帆 陈众议

# 说不尽的经典

陈众议 著

作家出版社

**图书在版编目(CIP)数据**

说不尽的经典 / 陈众议著；丁帆，陈众议主编.
—北京：作家出版社，2020.4
（大家读大家丛书）
ISBN 978 - 7 - 5212 - 0721 - 7

Ⅰ.①说… Ⅱ.①陈… ②丁… Ⅲ.①世界文学-文学研究 Ⅳ.①I106

中国版本图书馆 CIP 数据核字(2019)第 208592 号

本书受"南京大学人文社科资助项目"资助。

**说不尽的经典**

主　　编：丁　帆　陈众议
作　　者：陈众议
责任编辑：丁文梅
出品人：刘　力
策　　划：江苏明哲文化发展有限公司
特约编辑：倪　亮　叶　觅　张士超
出版发行：作家出版社有限公司
社　　址：北京农展馆南里 10 号　　邮　　编：100125
电话传真：86 - 10 - 65067186(发行中心及邮购部)
　　　　　86 - 10 - 65004079(总编室)
E - mail:zuojia@zuojia. net. cn
http://www. zuojiachubanshe. com
印　　刷：河北鹏润印刷有限公司
成品尺寸：145×210
字　　数：136 千
印　　张：7.125
版　　次：2020 年 4 月第 1 版
印　　次：2020 年 4 月第 1 次印刷
ISBN 978 - 7 - 5212 - 0721 - 7
定　　价：42.00 元

# 大家来读书

世界文学之流浩荡,而我们却只能取其一瓢一勺。即便如此,攫取主流还是支流?浪花还是深水?用瓢还是用勺?诸如此类,又不是三言两语可以说得清道得明的。

本丛书由丁帆和王尧两位朋友发起,邀约了外国文学文化研究的十位代表性学者。这些学者对各自关心的经典作家作品进行富有个性的释读,以期为同行和读者提供可资参考的视角和方法、立场和观点。本人有幸忝列其中,自然感慨良多,在此不妨从实招来,择要交代一二。

首先,语言文学原本是人文的基础,犹如数理之于工科理科;然而,近二三十年来,文学的地位一落千丈。这固然有历史的原因,譬如资本的作用、市场的因素、微信的普及、人心的躁动,等等。曾经作为触角替思想解放、改革开放(在国外何尝不是这样?)探路的文学,其激荡的思想、碰撞的火花在时代洪流中逐渐暗淡,褪却了敏感和锐利,以至于"返老还童"为"稗官野史""街谈巷议",甚或哼哼唧唧和面壁虚设。伟大的文学似乎正在离我们远去。当然,这不能怪世道人心。文学本就是世道人心最重要的组成部分和表现方式;而且"人心很古",这是鲁迅先生诸多重要判断中的一个,我认为非常精辟。再则,在任何时代,伟大的文学都是凤毛麟角。无论是文艺复兴运动时期或 19 世纪的西方,还是我国的唐宋元明清,大多数文学作品都会被历史的尘埃所湮没,唯有极少数得以幸免。而幸免于难的原因要归功于学院派(哪怕是广义学院派)的发现和守护,以便完成和持续其经典化过程。然而,随着大众媒体的衍生,尤其是多媒体时代的来临,学院派越来越无能为力。我这里之所以要强调语言文学,就是因为它正在被资本,甚至图像化和快餐化引向歧途。

其次,学术界的立场似乎也已悄然裂变。不少同仁开始有意无意地抛弃文学这个偏正结构的"大学之道",既不明明德,也不亲民,更不用说止于至善。一定程度上,乃至很大范围内,批评成了毫无标准的自说自话、哗众取宠、谩骂撒泼。于是,伟大的传统——马克思主义被轻易忽略。曾几何时,马克思用他的伟大发现揭示了人类社会发展的基本规律,但是他老人家并不因为资本主义是其中的必然环节而放弃对它的批判。这就是立场。立场使然,马克思早在资本完成国家垄断和国际垄断之前,就已为大多数人而对它口诛笔伐。这正是马克思褒奖巴尔扎克和狄更斯等批判现实主义作家的重要因由。同时,从方法论的角度,恩格斯对欧洲工人作家展开了善意的批评,认为巴尔扎克式现实主义的胜利多少蕴涵着对世俗、时流的明确悖反。尽管巴尔扎克的立场是保守的,但恩格斯却从方法论的角度使他成了无产阶级的"同谋"。这便是文学的奇妙。方法有时也可以"改变"立场。这时,方法也便获得了一定的独立性。在致哈克奈斯的信中,恩格斯说:"我决不是责备您没有写出一部直截了当的社会主义的小说,一部像我们德国人所说的'倾向小说',来鼓吹作者的社会观点和政治观点。我的意思决不是这样。作者的见解愈隐蔽,对艺术作品来说就愈好。我所指的现实主义甚至可以违背作者的见解而表露出来。让我举一个例子。巴尔扎克,我认为他是比过去、现在和未来的一切左拉都要伟大得多的现实主义大师。"由是,恩格斯借马克思的"莎士比亚化"和"席勒式"之说来提醒工人作家。

再次,目前盛行的学术评价体系正欲使文学批评家成为"文本"至上的"纯粹"工匠。量化和所谓的核刊以某种标准化生产机制为导向,将批评引向千篇一律、千人一面的劳作。于是,一本正经的钻牛角尖和煞有介事的言不由衷,或者模块写作、理论套用,为做文章而做文章的现象充斥学苑。批评和创作分道扬镳,其中的作用和反作用形成恶性循环。尤其是在网络领域,批评的缺位使创作主体益发信马由缰、肆无忌惮。

说到这里,我想一个更大的恶性循环正在或已然出现,它便是读者的疏虞。文学本身的问题使读者渐行渐远。面对商家的吆喝,读者早已无所适从。于是,浅阅读盛行、微阅读成瘾。经典的边际被空前地模糊。我们这个发明了书的民族,终于使阅读成了一个问题。呜呼哀哉!这对谁有利呢?也许还是资本。

以上固然只是当今纷繁文学的一个面向，而且是本人的一孔之见，不能涵盖文学的复杂性；但文学作为资本附庸的狰狞面相已经凸现，我们不能闭目塞听，更不能自欺欺人。伟大的作家孤寡寂寞。快快向他们靠拢吧！从这里出发，从现在开始……

是为序。

陈众议

2018 年 7 月 25 日于北京

# 目 录

大家来读书　陈众议/ 1


**I　真实与虚构的钟摆**
　　——读塞万提斯《堂吉诃德》/ 1

文学赖以生存的翅膀/ 3

寻找幻想的边界/ 8

歪打正着的发现/ 14

"美梦成真"的骑士小说/ 18


**II　拉丁美洲的《圣经》**
　　——再读马尔克斯《百年孤独》/ 27

魔幻诞生之地马孔多/ 29

时间像是在画圈圈/ 34

让一切毁灭/ 38

1

马尔克斯与中国 / 40

## Ⅲ 童心与诗意间的交叉小径

——读博尔赫斯的"童年" / 51

童梦中的金色老虎 / 55

艺术再造的神秘镜子 / 58

童年构织的曲折迷宫 / 63

## Ⅳ "否定的自由"

——读巴尔加斯·略萨 / 75

萨特的追随者 / 78

博尔赫斯的赞美者 / 85

拉美文学传统的延续者 / 90

略萨的中国行 / 92

## Ⅴ "寻根"与魔幻现实主义

——读莫言 / 95

一种美丽的神交 / 98

滋生于泥土、扎根于泥土 / 103

莫言的五根软肋 / 109

Ⅵ 带血带泪的乡土挽歌

　　——读贾平凹《带灯》/ 117

一卷行将消失的图景/ 119

一盏黑暗中的明灯/ 127

一曲带血带泪带疼的挽歌/ 135

Ⅶ 先锋作家的矛盾叙事

　　——读格非《人面桃花》/ 141

把自己带入过去/ 143

悲剧式狂欢/ 146

乌合之众的狂欢/ 149

审美与审丑/ 151

柯尔律治之梦/ 153

徘徊于虚实之间/ 157

陌生化与熟悉化/ 160

席勒还是莎士比亚/ 162

小说战胜了大学/ 164

Ⅷ 说不尽的经典

　　——读四大名著和《聊斋志异》/ 169

《聊斋》的集体无意识/ 171

《西游》的永恒价值/ 174

《三国》的人文情怀/ 177

《水浒》的人物描写/ 180

不可续的《红楼》/ 186


Ⅸ　来自天使手中的玫瑰

——阅读经典的人生/ 191

培养童年的味蕾/ 194

点燃青年的热情/ 197

付出壮年的反哺/ 202

陪伴老年的安慰/ 211


后　记

——经典的逻辑/ 215

# Ⅰ　真实与虚构的钟摆

## ——读塞万提斯《堂吉诃德》

　　对于一切优秀文艺作品,真实与虚构犹如鸟之两翼、人之两腿,彼此不可或缺。在塞万提斯的几乎所有创作中,它们也是互为因果的两个方面。尤其是在《堂吉诃德》中,它们更是如影随形、相辅相成。

## 文学赖以生存的翅膀

　　虚构作为小说创作,乃至一切文学创作的不可或缺的要素,其形态和维度决定了它从联想或想象或夸张,乃至幻想的不同称谓。这当然早已是一种共识。然而,问题是虚构始终是针对真实而言的,就像是真实的影子;因此二者的关系剪不断、理还乱,可谓相生相克、相辅相成。也正是因为如此,关乎虚构的言说总是始于真实,而且每每终于真实,难以独立展开。于是,文学或美学意义上探讨也总是一而二,二而一,难以截然分开。

首先,真实和虚构是文学赖以生存的一对翅膀,二者缺一不可。

其次,文学像钟摆,始终摇摆于真实与虚构之间。换言之,人们对于二者常常有所侧重、有所偏废,古今中外,概莫能外。

在西方,虚构即使是作为一种艺术方法,也并不是从一开始就得到正视的。柏拉图因为艺术是模仿的模仿而根本无视它的存在。出于偏见,柏拉图几乎称虚构为撒谎,并决意将诗人驱逐出他的理想国。亚里士多德虽然没有使用虚构之类的概念,却将想象与记忆混为一谈,谓"想象就是萎褪了的感觉","一切可以想象的东西本质上都是记忆的东西"。为虚构(尤其是想象)正名的西方理论家一直要到浪漫主义时期方始产生。在浪漫主义之前,少有诗人或理论家谈及虚构或想象。第一个为虚构、为想象、为自己辩护的是英国诗人菲利普·锡德尼,他针对柏拉图说:"诗人什么也不证实,因而,也就永远不会说谎。因为我认为说谎就是证实假的是真的,所以其他艺术家,尤其是历史学家,要以人类模糊的知识来证明很多事情,就难免说很多谎话。但是,诗人从不证实什么。诗人不会围绕着你的想象兜圈子施魔法,让你相信他写的就是真实的。他不会援引其他史书里的典故,但是甚至在一开始,他就恳求温柔的缪斯女神给他注入匠心独运的灵感;实际上,不是不厌其烦地告诉你是什么或者不是什么,而是应该是什么或者不应该是什么。因此,尽管他叙述的事不真实,但因为他并没有当作真实的来讲述,他就没有说谎。"而塞万提斯则在创作上率先进行了否定之否定。也就是说,骑士小说是前人的有意识虚构的开端。盖因神话传说是先民无意识幻想的产物,而后来的神学又有意无意地视神为真实,从而遮蔽了神及神的世界作为虚构的本质属性。至于虚构的内涵外延及其与想象或幻想、理性或非理性等诸如此类的关系问题,则皆因立场和出发点的不同而见仁见智,迄今未有定论。鉴于本文侧重于讨论塞万提斯及其虚构与真实的关系,姑且将想象和幻想视为虚构的不同等级与方法。

史忠义先生在梳理中西关乎虚构问题时,从本体论出发,认为中西方在虚构问题上的初始认知并不一样。"原因之一是,《诗经》中的'国风''雅''颂'都是当时真实社会风貌的反映,人们丝毫没有怀疑《诗经》(艺术)内容的真实性。原因之二,老庄信奉自然,以自然为道的基本内容,这种观念不怀疑大自然的真实性,因而也无缘于从本体论角度讨论世界之真假和艺术之'真'等问题……西方则不同。由于荷马史诗和雅典悲剧或颂扬奥林匹斯山的诸神,或以传奇中的英雄人物为对象,与眼前的社会真实和文化真实相差甚远,人们对艺术内容的真实性甚为疑惑。事实上,柏拉图以前的古希腊先民就一直怀疑他们所居住的这个世界的真实性,民间就流传着'模仿'一说。毕达哥拉斯认为,我们所看到的各种现象都是表面现象,世界的本源(本原)在于'数'。柏拉图提出了后来颇为著名的'理念'说"。这当然是有一定道理的。

但问题的是：一、中国除了《诗经》和老庄，也有源远流长的神话传说，还有墨子的"天志"思想（这与柏拉图的"理念"说颇为接近），甚至还有《易》的"以无为本"思想，等等；二、古希腊也不尽是"理念"本体论，早期有巴门尼德的存在本体论，后期有亚里士多德的综合本体论，有学者于是将古希腊本原思想归纳为范畴本体论和宇宙本体论；三、更为奇妙的是，双方关于文学虚构的讨论与肯定却差不多都是从 16 世纪开始的。西方有塞万提斯和锡德尼爵士；中国有谢肇淛的"凡为小说及杂剧戏文，须是虚实相半，方为游戏三昧之笔"之说，袁于令的"文不幻，不文；幻不极，不幻"云云。

事实上，由于人类近现代文明是以人本（"人事"）取代神本（"天道"）为前提，以现实的理性战胜幻想的神话为基础的，因此，作为人类文明重要组成部分的文学非原生形态便不可避免地被赋予了极功利的现实主义精神。"文以载道""理性模拟"，几千年来中外文学流变几乎都是以现实（自然）为主要指向和出发点的。

正因为如此，文学虚构（尤其是幻想）始终未能作为一种相对独立的审美对象而受到重视。然而，无法改变的事实是，不论东方西方，虚构都是文学的起源，小说的缘起，它所构筑的一座座大厦蔚为壮观，有目共睹：远自神话传说，近至科幻小说。在我国，幻想小说贯乎古近。它的产生先于写实小说几百乃至上千年。鲁迅在追究小说起源时说过："考小说之名，最古是见于庄子所说的'饰小说以干县令'……至于现在一班研究文学史者，却多认小说起源于神话。因为原始民族，穴居野处，见天地万物，变化不常——如风，雨，地震等——有非人力所可捉摸抵抗，很为惊怪，以为必有个主宰万物者在，因之拟名为神；并想象神的生活，动作……这便成功了'神话'。从神话演进，故事渐近于人性，出现的大抵是'半神'，如说古来建大功的英雄，其才能在凡人以上，由于天授的就是。"于是便有了传说。再后来，由于巫术、宗教、迷信的兴盛，又有了志怪、传奇、神魔等内容的故事，而写实主义小说，即鲁迅所说的讲史、演义或"说话"则要到宋朝方始产生。

欧洲小说的产生和发展也经历了类似的过程：先由神话传说到传奇志怪，写实主义如文艺复兴前夕的流浪汉小说和市民小说也是很晚才有的。

但迄今为止还很少有人系统论述过虚构的源流变迁，更谈不上对它做较为全面的审美把握。鲁迅先生在其《中国小说史略》和《中国小说的历史的变迁》中，虽明确指出了幻想在中国文学的悠久传统和重要地位，分析了诸如神话传说、志怪传奇、神魔小说的产生、兴盛的历史原因和现实意义，等等，然终究未及对虚构本身做更多的、美学上的阐释。西方对幻想文学的系统考察则是 20 世纪 60 年代才开始的，而且最终因为无法确定幻想的内涵外延（也即与现实的区别分野）而卡了壳。

# 寻找幻想的边界

法国学者罗歇·凯卢瓦是幻想文学研究的先行者之一。伍德尔在他的传记里说,罗歇·凯卢瓦曾于1939年抵达布宜诺斯艾利斯,他是维克托里亚·奥坎波的朋友。1942年四五月份,在《南方》杂志社举办的讨论会上,博尔赫斯同凯卢瓦发生意见分歧。凯卢瓦从社会学的角度探讨幻想小说,把这种题材的起源追溯到约瑟夫·富歇建立的巴黎警察部队,并称爱伦·坡的短篇小说开了这个题材的先河。博尔赫斯讥诮地否定了凯卢瓦的全部观点,认为凯卢瓦的观点不是错不错的问题,而是"愚蠢的无稽之谈"。凯卢瓦在这件事情上表现了足够的宽容大度,1945年他离开阿根廷回到法国后亲自翻译介绍博尔赫斯的著作。连博尔赫斯也不得不承认,是凯卢瓦把他推向了世界。在《幻想文学选编》一书中,凯卢瓦给幻想下了这样一个定义:"异常在习常中突现。"基于这一定义,凯卢瓦在不同场合,对古来幻想文学进行了分门别类。根据他的方法,我们大致可以归纳如下:

一、有关天神,如神话;

二、有关地狱,如《神曲》;

三、有关魔鬼,如《浮士德》;

四、有关灵魂,如《哈姆雷特》;

五、有关幽灵,如王尔德的《坎特镇的幽灵》;

六、有关女鬼,如中国志怪小说;

七、有关巫术,如纪伯伦的作品;

八、有关死亡,如爱伦·坡的《红色死亡假面舞会》;

九、有关吸血鬼,如霍夫曼的作品;

十、有关生命物体,如梅里梅的《伊尔的美神》;

十一、有关看不见、摸不着的存在物,如莫泊桑的《奥尔拉》;

十二、有关物体神秘移位或消失的,如《一千零一夜》;

十三、有关时间停滞、倒退或超前的,如威尔斯的《时间机器》;

十四、有关不明外来物或外星世界,如科幻小说;

十五、有关现实与虚构转换或合二为一。


凯卢瓦认为第十五类作品极为罕见,其实大谬不然。且说堂吉诃德,"绅士闲来无事(他一年到头几乎总是无所事事),就埋头看骑士小说,看得津津有味,爱不释手,简直把打猎啊、打理家业啊忘得一干二净。他如此刨根问底、痴迷于斯,竟不惜变卖良田去买骑士小说,把能到手的统统搬回家来……可怜他被那些巧言令色迷了心志,常常彻夜难眠,一心只为探究个中奥秘而苦思冥想……长话短说,他钻进书里,从早晨到夜晚,从黄昏到黎明,不能自拔。他这样没日没夜、了无休止,终于脑汁枯竭,失却了理智……总之,他已经完全失去理性,以至于冒出一个世上最疯癫的荒唐念头：为报效国家、扬名四方，他应该也必须效法书中骑士，去行侠天下……"于是，虚构"以它的理由，它的方式进入生活，并以自己的方式使后者发生改变"。换言之，在塞万提斯笔下，虚构与真实开始模糊界限，以至水乳交融。

先不说塞万提斯如何在虚构与真实之间孜孜耕耘，即使像博尔赫斯这样的现代作家也提供了可资玩味的大量作品。就说博尔赫斯和卡萨雷斯于 1940 年合编的《幻想文学选》，它所遴选的一大批指向消解虚实界限的"梦幻小品"，其数量之多、遍播之广，几可与前十几种幻想小说等量齐观。谓予不信，姑且辑录一二：

一、《庄周梦蝶》：昔者庄周梦为胡蝶，栩栩然胡蝶也，自喻适志与！不知周也。俄然觉，则蘧蘧然周也。不知周之梦为胡蝶与，胡蝶之梦为周与？

二、《佛祖的故事》：佛祖释迦牟尼是太阳后裔，在他入胎母腹的当天夜里，其母梦见一头六牙大象进入腹中。占梦的婆罗门对她说，她的儿子不但要统治世界、使法轮常转，而且将告诉世人如何长生不死。因此，释迦牟尼出生后即被其父净饭王关进了密宫（故事同古希腊俄狄浦斯神话有异曲同工之妙）。与世隔绝二十九年之后，释迦牟尼外出巡游。第一次，他见到一个驼背老人，车夫告诉他，谁都有那么一天；第二次见到一个病人，车夫告诉说谁都有这个时候；第三次见到一具棺材，车夫又说谁都免不了一死；最后，他见到了一个无欲无求四大皆空的僧人，终于彻悟……对此，大乘宗的解释最为独到：人生终究是一场游戏，更是一场梦。既然是游戏，一切都在规则约定之中（从而摈弃了多数教派认为是象征和昭示生老病死的寓言的说法）；既然是梦，肉身的神看到为他指点迷津的化身：仙身的神，当更不在话下。总之，无论把传说读解为释迦牟尼的一个梦还是王后的一个梦，佛祖的故事将一样天衣无缝。

三、《双梦记》（《天方夜谭》中两个人做梦的故事，博尔赫斯在早期作品中演绎甚至复述了这个故事，可见他的钟爱程度）：话说开罗有个富翁，在自家花园的无花果树下梦见他的财宝在波斯的伊斯法罕，便起程去找。历尽磨难之后，他终于抵达。是夜，盗匪袭来，地方守备拼死抵抗。经过一番血战，盗匪死伤无数，残部尽数被捕。寻梦人也被当作盗匪抓了起来。审讯中，寻梦人讲述了原委。守备长官忍俊不禁，说："我也做过类似的梦，梦见开罗有一所房子，房子后面有一尊石磬，石磬后面有一棵无花果树，无花果树后面有一眼喷泉，喷泉下面藏着无数财宝。可我根本不信。"然后，他释放了来自开罗的寻梦人。寻梦人回到开罗，果真在自家花园的喷泉下找到了宝藏。

四、《红楼梦》：《红楼梦》是否幻想小说姑且不论，但博尔赫斯看到的首先是"石头记"和"太虚境"（或者还有"风月宝鉴"），然后才是被前者解构了的现实主义。反言之，博尔赫斯认为《红楼梦》中"令人绝望"的现实主义"令人惊奇"地使神话（"石头记"）和梦幻（"太虚境"）成为可能与可信。在他看来，《聊斋志异》具有同等功效。这就出现了只有在博尔赫斯之类的形而

11

上学家眼里才可能出现的二律背反。

凡此种种，不一而足。

这就引出了问题的关键：凯卢瓦缘何对此类作品视而不见？未知是立场使然，还是视野所囿。此外，他所谓的幻想文学事实上只有两类，即源自集体无意识或神话母题的志怪类和文人面壁虚造的梦幻类。而两相比较，凯卢瓦又分明拘牵于前者，否则塞万提斯以及后来的博尔赫斯的缺失将无法解释。

然而，他的同行路易斯·沃克斯却认为"幻想是没有定义的"，它"取决于特定的文化氛围以及人们对具体作品的认知"。这显然也是一种定义。

无论凯卢瓦还是沃克斯，都有点让人摸不着头脑。若相信前者，就得先弄清楚什么叫"习常"，什么叫"异常"，而这两个概念恰如现实与幻想，既宽泛又模糊，根本难以确定；若接受后者，那么也就等于陷进了类似于先有母鸡还是先有蛋的悖论：幻想的定义取决于某时某地某人对某些具体作品的认同，然没有定义又如何得知某时某地某人的哪些作品属于幻想文学？换言之，在沃克斯看来，任何作品都可能成为幻想作品或者反之，关键在于什么人、什么时候、什么地点和怎么看。这并非完全没有道理。

另一位研究家是托多罗夫，他在这个问题上表现得非常明智。他一上来就对"众所周知"的幻想文学进行了三六九等的划分和大刀阔斧的砍伐，从而避免了直接给幻想下定义的麻烦。

首先，他认为必须缩小幻想文学的范围。因此，他作了如下分类：

神奇——怪谲——幻想

在他看来，神奇者乃"不可理喻者"，比如先民由于物质而产生的自然崇拜及神话传说。怪谲者是可以理解的（至少在科学发达的今天），如梦境。幻想者同样不可理喻，而且其不可理喻性无关乎人们的认知水平，如超现实。

这其实也不失为是一种定义。

然而，托多罗夫似乎把我们重新带进了死胡同，因为完全不可理喻的"超现实"是不存在的。从现代心理学角度看，托多罗夫框定的幻想——超现实（他把它界定为从 18 世纪的卡佐特到 19 世纪的莫泊桑的一些作品），也并不是完全不可理喻。"幻由人生"，幻想归根结底是依赖于存在而存在的精神现象。就像人不能拽着自己的小辫离开地面一样，幻想最终不可能脱离现实因而也终究不可能没有解释、无法理解。

但是，恰恰因为幻想与现实的这种剪不断理还乱的关系，导致了幻想与现实的界限的模糊和 20 世纪六七十年代西方幻想美学的流产。

## 歪打正着的发现

博尔赫斯解决了这一难题，尽管其方法是形而上学的。博尔赫斯把现实（生活）解释为幻想，认为它和所有梦境一样，是一种生命游戏，可能按照一定规律运作，也可能毫无规律。正是从这一观念出发，博尔赫斯对传统进行了颠覆，并彻底消解了现实与幻想的界限。在这样的前提下，博尔赫斯实现了幻想美学的重要建构并推演到一系列子主题和子题材，比如生命和死亡、物质和精神、书籍和宇宙、神学和历史、杀人和被杀，等等。这些主题和题材不断循环，不断重复，一方面因为它们无法穷尽，另一方面因为它们无不相生相克、难分难解。博尔赫斯曾引用老子的话说，"天下皆知美之为美，斯恶已；皆知善之为善，斯不善已。有无之相生也，难易之相成也，长短之相刑也，高下之相盈也，音声之相和也，先后之相随，恒也"。事物的辩证关系成就了重复的无限可能，同时又因为无限的不能尽述而使博尔赫斯变得极其简练。正是这种重复（并非不变）和这种简练（并非简单），化合出博尔赫斯迷宫的不同甬道：形形色色的幻想，也为读者提供了探寻、猜测、假设、想象、思考的无限可能。

但这种形而上学的极端并不能真正解释真实与虚构的关系。倒是魔幻现实主义作家阿斯图里亚斯和卡彭铁尔的"第三范畴"说和"神奇真实"说歪打正着，或可解释虚构与真实的关系。上世纪 20 年代初，流亡巴黎的卡彭铁尔和阿斯图里亚斯与布勒东过从甚密,还创办了第一份西班牙语超现实主义杂志《磁石》。他们尝试"自动写作法",探索梦的奥秘,参与超现实主义运动。但是,美洲的神奇、他们身上沉重的美洲包袱和他们试图表现美洲世界的强烈愿望,使他们最终摈弃超现实主义,开了魔幻现实主义的先河。

卡彭铁尔宣称:

> 我觉得为超现实主义效力是徒劳的。我不会给这个运动增添光彩。我产生了反叛情绪。我感到有一种要表现美洲大陆的强烈愿望,尽管还不清楚怎样去表现。这个任务的艰巨性激励着我。我除了阅读所能得到的一切关于美洲的材料之外没有做任何事。我眼前的美洲犹如一团云烟,我渴望了解它,因为我有一种信念:我的作品将以它为题材,将有浓郁的美洲色彩。

1943 年,卡彭铁尔离开法国,赴海地考察。"不禁从重新接触的神奇现实联想起构成近三十年来某些欧洲文艺作品的那种挖空心思地臆造神奇的企图。那些作品在布罗塞利昂德森林、圆桌骑士、墨林魔法师、亚瑟传这样一些古老的模式里寻找神奇,从集市杂耍和畸形儿身上挖掘神奇,或者玩把戏似的拼凑互不相关的事物以制造神奇⋯⋯然而,神奇是现实突变的产物,是对现实的特殊表现,是对现实状态的非凡的、别出心裁的阐释和夸大。这种神奇的发现令人兴奋至极。不过,这种神奇的产生首先需要一种信仰。无神论者是不能用神的奇迹治病的,不是堂吉诃德也不会全心全意地进入《阿马狄斯》或《白骑士蒂朗》的世界。"在海地逗留期间,由于天天接触堪称神奇的现实,所以他深有感触。在这块土地上生活着成千上万渴望自由的人们,他们相信德行能产生奇迹。在黑人领袖马康达尔被处以极刑的那一天,信仰果然产生了奇迹:人们相信马康达尔变了形,于是乎死里逃生,逢凶化吉,令法国殖民者无可奈何。奇迹还导致了一整套神话和由此派生的各种颂歌。这些颂歌至今保存在人们的记忆中,有的则已成为伏都教仪式中不可缺少的一部分。"这是因为美洲的神话之源远未枯竭:它的原始与落后、历史与文化、结构与本原、黑人与印第安人,恰似缤纷的浮士德世界,给人以各种启示。"

阿斯图里亚斯与卡彭铁尔不谋而合。因为,阿斯图里亚斯浪子回头,居然发现了美洲的第三范畴:"魔幻现实"。他说:

简而言之,魔幻现实是这样的:一个印第安人或混血儿,居住在偏僻的山村,叙述他如何看见一朵彩云或一块巨石变成一个人或一个巨人······所有这些都不外是村人常有的幻觉,谁听了都觉得荒唐可笑,不能相信。但是,一旦生活在他们中间,你就会意识到这些故事的分量。在那里,尤其是在宗教、迷信盛行的地方,譬如印第安部落,人们对周围事物的幻觉能逐渐转化为现实。当然那不是看得见摸得着的现实,但它是存在的,是某种信仰的产物……又如，一个女人在取水时掉进深渊，或者一个骑手坠马而死，或者任何别的事故，都可能染上魔幻色彩，因为对印第安人或混血儿来说，事情就不再是女人掉进深渊了，而是深渊带走了女人，它要把她变成蛇、温泉或者任何一件他们相信的东西；骑手也不会因为多喝了几杯才坠马摔死的，而是某块磕破他脑袋的石头在向他召唤，或者某条置他于死地的河流在向他召唤……

同时，超现实主义对他们产生的影响又是毋庸置疑的和至为重要的。它使他们发现了美洲神奇现实（也即魔幻现实）之所在。卡彭铁尔说：

> 对我而言，超现实主义有着十分重要的意义。它启发我观察以前从未注意的美洲生活的结构与细节……帮助我发现了神奇的现实。

阿斯图里亚斯说：

> 超现实主义是一种反作用……它最终使我们回到了自身：美洲的印第安文化。谁叫它是一个耽于潜意识的弗洛伊德主义流派呢？我们的潜意识被深深埋藏在西方文明的阴影之下，因此一旦我们潜入内心的底层，就会发现川流不息的印第安血液。

17

"人们对周围事物的幻觉能逐渐转化为现实""不是堂吉诃德也不会全心全意地进入《阿马狄斯》或《白骑士蒂朗》的世界",诚哉斯言！

## "美梦成真"的骑士小说

蒙田说:"强劲的想象可以产生事实。"骑士小说恰恰是一种致使"美梦成真"的强劲的想象。它的想象或幻想一定程度上是对中世纪真实生活的否定,一如哥特式小说对中世纪神学的否定。而塞万提斯则是否定之否定,并以子之矛,攻子之盾。其中的想象或幻想基于骑士小说,又超乎骑士小说,这其中多少掺杂了阿拉伯及东方文学想象和类哥特式小说的某些元素。

西班牙骑士文学的时间跨度相当长。不仅歌颂骑士的谣曲可以追溯到遥远的过去;即便是骑士小说,也横跨了两三个世纪。最早的一部骑士小说叫作《西法尔骑士之书》,原名《上帝的骑士——门顿的国王西法尔及其生平事迹》,其生成时间应为 13 世纪末、14 世纪初。顾名思义,《西法尔骑士之书》写西法尔从一个普通骑士成为门顿国王的事迹。作品除西法尔营救妻子格里玛、勇敢骑士在魔塘冒险以及西法尔之子罗伯安在神岛登陆等少数几个神奇段落外,基本上是现实主义的。在 20世纪 60 年代以前,一般文史学家并不重视《西法尔骑士之书》,直至 1965 年罗杰·沃克发表《〈西法尔骑士之书〉的有机构成》一文。罗杰·沃克在肯定小说的文学价值时认为,《西法尔骑士之书》的作者不仅开了西班牙骑士小说的先河，而且具有很高的艺术造诣。另一部颇有争议的早期骑士小说叫作《大征服》，其中穿插了查理大帝的故事和天鹅骑士的传说。

十五六世纪是骑士小说的繁荣时期。当时，西班牙赢得了"收复失地运动"的胜利，成为不可一世的新兴帝国。为捍卫各小王国利益立下汗马功劳的骑士阶层实际上已经完成了历史使命。但是，由于它是西班牙"收复失地运动"的中坚力量，在抗击入侵者统治的战斗中谱写了无数可歌可泣的篇章，骑士仍是许多西班牙人心目中的英雄。骑士小说则是这种心态的反映。一般文史学家都认为它受到过英国的骑士故事和法国英雄史诗的影响，但正宗的源头似乎应该是西班牙本土的史诗、传说与谣曲，如《熙德之歌》《西法尔骑士之书》和许许多多有关"收复失地运动"的"边境谣"。另一方面，火枪的发明使战争和军队改变了形式。同时，大部分骑士都已被封王封侯，远离了铁马金戈，开始了文明的贵族生活。于是，过去的骑士生活被逐渐艺术化。比如，多数骑士小说的主人公是浪漫的冒险家；他们为了信仰、荣誉或某个意中人不惜赴汤蹈火；他们往往孤军奋战，具有鲜明的个人英雄主义倾向。

《白骑士蒂朗》《阿马狄斯》《埃斯普兰迪安的英雄业绩》《希腊人堂利苏阿尔特》《帕尔梅林·德·奥利瓦》是当时最为流行的骑士小说。它们的共同特点是：主人公具有崇高的理想和精湛的武功，他们为爱情、信仰和荣誉不惜冒险甚至牺牲生命；他们惩暴安良，见义勇为，而且总是单枪匹马。在这些作品中,最著名的无疑是《阿马狄斯》和《白骑士蒂朗》。

《阿马狄斯》曾在全欧洲广为流传,对此后的骑士小说产生了巨大影响。小说的作者和初版时间一直是有关文史学家争论不休的话题。曾有研究家称小说的作者是葡萄牙人儒安·瓦斯科·洛佩拉,但不久即遭西班牙学者否定。根据西班牙学者的考证,作品由巴利亚多利德的一名地方长官加尔西·罗德里格斯·德尔·蒙塔尔沃于 1508 年定稿,同年在萨拉戈萨出版。但加尔西·罗德里格斯·德尔·蒙塔尔沃在序言中又自称是续写者。尽管伪托译本或续写在当时可谓风气使然,但种种迹象表明罗德里格斯的续写之说不一定是伪托之词。首先,续写的确也是风气使然。在小说流行后不久,即有多种续写本问世,其中的一个版本竟从最初的四卷扩展到后来的十余卷。其次,主人公是在苏格兰长大成人的。盖因他是高卢王佩里翁的私生子,出生后即被抛入大海并被人救起,送入苏格兰宫廷。但是无论如何,小说对西班牙文学所产生的影响绝对独一无二。除了使骑士小说在西班牙风靡之外,它还直接影响了塞万提斯。从某种意义上说,《堂吉诃德》几乎是对《阿马狄斯》的讽刺性模仿。

许多文史学家认为阿马狄斯是欧洲骑士理想的典型形象。弱冠之年,已经擢升为骑士的他来到英国王宫,不久便爱上了奥里阿娜公主。为了爱情,阿马狄斯开始了无数惊心动魄的冒险。当他无意中得知自己的身世后,便正式表白了爱意。这时,佞臣阿尔卡劳斯暗中破坏并挑唆国王将他逐出宫门。然而，公主对阿马狄斯痴情不渝；国王恼羞成怒，将她遣送罗马。途中，落难公主被阿马狄斯所救。最后，阿马狄斯粉碎了佞臣的篡位阴谋，国王对他大为赞赏，不仅亲自为他和公主主婚，而且主动退位让贤，把王位交给了他。

《白骑士蒂朗》也是塞万提斯在《堂吉诃德》中多次提到的骑士小说。它最初是在西班牙的瓦伦西亚出版的，而且用的是加泰罗尼亚语。作者在献词中称该小说系由英文至葡萄牙文再至加泰罗尼亚语翻译而成。这也曾引起关于作者及初版时间的不少争论。但一般认为它的作者是西班牙人苏亚诺·马托雷尔和马蒂·苏安·德·加尔巴。前者于 1468 年去世，留下了未竟之作；后者用了十几年时间续完小说，却依然没能看到全书的出版。小说由四部分组成。第一部分写瓦罗亚克伯爵受命于英国国王，率领军队击溃了摩尔人。大功告成后，瓦罗亚克归隐山林。与此同时，年轻白骑士蒂朗赴英国参加英国国王和法国公主的大婚典礼，路遇瓦罗亚克并得到后者的真传。因此，蒂朗在一系列骑士比武中胜出，被英王封为"骑士之花"。第二部分写蒂朗还乡后效命于法国国王，率领军队赴罗得岛抗击入侵者。和他并肩而行的是法国王子菲利佩，他们一路奔去，不久就到了西西里岛，受到了西西里人的热烈欢迎。在促成了菲利佩和西西里公主的好事之后，蒂朗抵达罗得岛并设计攻破敌阵，解救了被围的骑士。把入侵者赶出罗得岛以后，蒂朗重返西西里岛，参加了菲利佩和公主的婚礼。第三部分写蒂朗受命于君士坦丁堡皇帝挥师抗击土耳其军队，并和卡梅西娜公主产生了爱情。第四部分是苏安续写部分，写蒂朗在非洲海岸遇险后沦为俘虏，结果又因英勇善战而得到突尼斯国王赏识的故事。最后，蒂朗准备与卡梅西娜公主完婚并继承皇位，却途中染病，不治而亡。卡梅西娜见到蒂朗的遗体后殉情而死。

这些骑士小说迎合了一般读者的消遣心态。它们处理人物和情节的方式虽然不尽相同，但总体上是程式化的；内容更是游离于社会现实，不能反映文艺复兴时期的人文主义精神。因此，它们基本上是前文艺复兴时期的文学遗产，体现了封建时代尤其是中小贵族阶层的审美理想。

但是，为了追求可信度，骑士小说往往十分重视逼真。《阿马狄斯》的作者序言写道：

较之那些伟大的战争场面，古来智者即使亲历，其笔墨也总是那么吝啬。我们也是如此，目睹并见证了时代的战斗，企望记录某些基于真实的奇妙信息，不仅为逝者留下永恒的英名，而且为来者提供阅览和崇敬的对象，一如那些记录希腊人、特洛伊人和古来征战的英勇事迹。

……在我们神圣的光复战争中，我们英勇的天主教国王堂菲迪男光复了格拉纳达王国，并使它鲜花烂漫，玫瑰似锦。而辅佐他的，正是那些不畏艰险、勇往直前的骑士。

由此，加尔西·罗德里格斯·德尔·蒙塔尔沃将自己的宗旨释为"本人不揣浅陋，只望留下一片记忆的影子。本人不敢将雕虫小技与智者的杰作相提并论……"但是，这位作者对其幻想的"真实性"却充满自信。小说是这样开场的："救苦救难的吾主基督献身后不久，在小小岛国不列颠出现了一位十分虔诚的基督徒国王，叫作加林特尔。他行为端方，信奉真理，与高贵的王后生下二女：一个嫁给了苏格兰王朗基尼斯……另一个，爱莉塞娜，和父亲的客人高卢国王佩里翁有了私情……"阿马狄斯便是爱莉塞娜和佩里翁的私生子，被母亲放在橡木凿制的摇篮里，送入大海，后被一个苏格兰骑士甘达尔斯所救。他把孩子带回自己家里，和自己的孩子甘达林一同抚养，后来他们俩成了莫逆之交。阿马狄斯被称为"海之子"；大家都知道他的身世不凡，盖因甘达尔斯将他救起时发现他颈上有一羊皮纸书卷，说他是国王的儿子，摇篮里还有许多珍贵物品。苏格兰王不知道这"海的孩子"就是自己的姨侄，却视若己出，所以把他带到宫里去养育。这一段描写不仅逼真，而且非常写实。但随着情节的展开，夸张和想象占据了主要地位。从阿马狄斯的爱情到三兄弟的冒险经历，英雄们被逐渐神化了。而且由于小说最后是以大团圆结束的，也便为后来的许多"续编"和仿作提供了空间。

《白骑士蒂朗》同样以写实开始，故事也更追求逼真。诚如作者在序言中宣称的那样，"经验证明，人们的记性相当薄弱，不仅容易将遥远的过去遗忘，而且眼前的事情也经常难以记住。因此,用文字记叙古来英雄好汉的丰功伟绩是十分必要的……罗马著名演说家塔利奥就是这样说的"。作者于是列数古来英雄好汉,并说白骑士蒂朗是"其中最为出众"的一个。

可见,逼真是骑士小说赖以风靡的重要因素。这是亚里士多德主义取代柏拉图主义的结果。而《堂吉诃德》从一开始就打破了小说的逼真性,自始至终都在模仿之模仿和否定之否定间徘徊和游离。首先,塞万提斯是对想象或虚构的对象化表现(正如魔幻现实主义是对拉丁美洲集体无意识的对象化表现)。他在序言中否定了骑士小说的真实性,小说的开篇也充满了不确定性,"不久以前,有位绅士住在拉曼恰的一个村上,村名我不想提了"。人物的真实姓名也忽而吉哈诺,忽而吉哈达,一味地似是而非。至于那个"真正的作者",即阿拉伯历史学家,则充满了元文学意味和反逼真游戏。盖因经过长达八个世纪的侵入与光复战争,阿拉伯人的话在一般西班牙人眼里几乎是可以和"天方夜谭"画等号的。明证之一是 16 世纪西班牙全国对改教"摩尔人"的歧视与迫害。而叙述者或我或他,更是意味深长。《堂吉诃德》第九章这样写道:

> 依我看,这个超级有趣的故事大部分是散佚了。这使我非常沮丧。一想到散佚部分无从寻觅,而我只读了一小部分,就觉得格外心痒难耐。那样一位好骑士,却没有博学的人来将他的丰功伟绩记录下来,我认为于情于理都说

不过去。凡是游侠骑士，行侠冒险者，从来都少不了文人墨客为其树碑立传呢。他们好像总有一两个御用文豪似的，不仅能把他们的功勋记载下来，而且连他们无论多么隐秘琐碎的无聊心思，也从不落掉……

于是，第三人称叙述者退隐了。"我"终于在一个集市上发现了阿拉伯历史学家的手稿，而它正是踏破铁鞋无觅处的《堂吉诃德》。试想，面对一个由阿拉伯人撰写的卡斯蒂利亚骑士小说，其可信度如何尚且不论，时人恐怕马上会联想到《一千零一夜》或《卡里来和笛木乃》之类。

其次，骑士之美，美在风流倜傥、英武盖世，而堂吉诃德却自始至终都是个反英雄、反骑士形象。50 多岁的老绅士，无所事事、想入非非暂且不论，单说他那穷困潦倒、骨瘦如柴的样子，就足以解构此骑士故事的真实性了。况且塞万提斯在序言中说得明白，"这部奇情异想的故事，不需确凿的证据，也不用天文学般的观测，或几何学般的论证、修辞学般的雄辩，更不必向谁说教以裨取信于人，只消将文学和神学糅杂一下就足够了……描写的时候模仿真实；模仿得愈亲切，作品就愈好"。塞万提斯甚至借"友人"极而言之，谓即使有人"证明你写的是谎言，也不能剁掉你的手啊"。凡此种种，无疑道出了塞万提斯的虚构观。而这一虚构观也即他的真实观。诸如此类，不是恰好与锡德尼爵士的辩护殊途同归、不谋而合吗？二者之和，则或可成为文艺复兴鼎盛时期柏拉图让位于亚里士多德的一个明证。

# Ⅱ 拉丁美洲的《圣经》

## ——再读马尔克斯《百年孤独》

世界文学之流浩荡，但真正称得上经典的却微乎其微。多数作品顺应时流，并随时流而去；只有极少数得以沉淀并传承下来。后者往往具有金子般的品质。《百年孤独》无疑是 20 世纪留给后世的一尊金鼎，它的保守保证了它的沉积与流传。

## 魔幻诞生之地马孔多

在改朝换代的大革命时期，保守无异于反动和落后。但以常态论，保守并非贬义，它充其量是中性的。而今，"全球化"浪潮汹涌，文化或价值多元的表象掩盖了资本的本质。如是，跨国公司横扫世界，技术革命一日千里，人类面临空前危机。

1967 年，加西亚·马尔克斯的《百年孤独》先声夺人。首

先,它用极其保守乃至悲观的笔触宣告了人类末日的来临:

> 这座镜子之城——或蜃景之城——将在奥雷里亚诺·巴比伦全部译出羊皮卷之时被飓风抹去,从世人记忆中根除,羊皮卷上所载一切自永远至永远不会再重复,因为注定经受百年孤独的家族不会有第二次机会在大地上出现。

这显然是面对跨国资本主义的一次振聋发聩的呐喊。

用巴尔加斯·略萨的话说,《百年孤独》涵盖了全部人类文明:从原始社会到资本主义社会。在原始社会时期,随着氏族的解体,男子在一夫一妻制的家庭中占有了统治地位。部落或公社内部实行族外婚,禁止同一血缘亲族集团内部通婚;实行生产资料公有制,共同劳动,平均分配,没有剥削,也没有阶级。所以这个时期又叫原始共产主义社会。原始部落经常进行大规模的迁徙,迁徙的原因很多,其中最常见的有战争和自然灾害,等等,总之,是为了寻找更适合于生存的自然环境。如中国古代的周人迁徙,古希腊人的迁徙,等等;古代美洲的玛雅人、阿兹特克人也有过大规模的部族迁徙。

《百年孤独》的马孔多就诞生于布恩迪亚家族的一次迁徙。在马孔多诞生之前,何·阿·布恩迪亚家和表妹乌苏拉家居住的地方,几百年来两族的人都是禁止通婚的,因为他们生怕两族的血缘关系会使两族的联姻丢脸地生出有尾巴的后代。但是,何·阿·布恩迪亚和表妹乌苏拉却因为比爱情更加牢固的关系:共同的良心不安,以至于最终打破了两族(其实是同族)约定俗成的不得通婚的禁忌,带着二十来户人家迁移到荒无人烟的马孔多。何·阿·布恩迪亚好像一个年轻的族长,经常告诉大家如何播种,如何教养子女,如何饲养家禽;他跟大伙儿一起劳动,为全村造福……他是村里最公正、最有权威和事业心的人。他指挥建筑的房屋,每家的主人到河边取水都同样方便;他合理设计的街道,每座住房白天最热的时候都得到同样的阳光。建村之后没几年,马孔多已经变成一个最整洁的村子,这是跟全村三百多个居民过去生活的其他一切村庄都不同的。它是一个真正幸福的村子……体现了共同劳动、平均分配的原则。

"山中一日,世上千年"。马孔多创建后不久,神通广大、四海为家的吉卜赛人来到这里。他们带来了人类的"最新发明",推动了马孔多社会生产力的发展。何·阿·布恩迪亚对吉卜赛人的金属产生了浓厚的兴趣。这种兴趣渐渐发展到了狂热的地步。他对家人说:即使你不怕上帝,你也该敬畏金属。

人类历史上,正是因为生产力的不断发展,特别是随着金属工具的使用,才出现了剩余产品,出现了生产个体化和私有制,劳动产品由公有转变为私有。私有制的产生和扩展,使人剥削人成为可能,社会也便因之分裂为奴隶主阶级、奴隶阶级和自由民。手工业作坊和商品交换也应运而生。

这时,马孔多事业兴旺,布恩迪亚家中一片忙碌,对孩子们的照顾就降到了次要地位。负责照拂他们的是古阿吉洛部族的一个印第安女人，她是和弟弟一块儿来到马孔多的，姐弟俩都是驯良、勤劳的人，村庄很快变成了一个热闹的市镇，开设了手工业作坊，修建了永久性商道。新来的居民仍十分尊敬何·阿·布恩迪亚，甚至请他划分土地，没有征得他的同意，就不放下一块基石，也不砌上一道墙垣。这时，马孔多出现了三个不同的社会阶层：以布恩迪亚家族为代表的"奴隶主"贵族阶层，这个阶层主要由参加马孔多初建的家庭组成；以阿拉伯人、吉卜赛人等新一代移民为主要成分的"自由民"阶层，这些"自由民"大都属于小手工业者、小店主或艺人；处于社会最底层的"奴隶"阶层，属这个阶层的多为土著印第安人，因为他们在马孔多所扮演的基本上是奴仆的角色。

岁月不居，光阴荏苒。何·阿·布恩迪亚的两个儿子相继长大成人；乌苏拉家大业大，不断翻修住宅；马孔多六畜兴旺，美名远扬。其时，"朝廷"派来了第一位镇长，教会派来了第一位神父。他们看见马孔多居民无所顾忌的样子就感到惊慌，因为这里的人们虽然安居乐业，却生活在"罪孽"之中。他们仅仅服从自然规律，不给孩子们洗礼，不承认宗教节日。为使马孔多人相信上帝的存在，尼卡诺尔神父煞费了一番苦心：协助尼卡诺尔神父做弥撒的一个孩子，端来一杯浓稠、冒气的巧克力茶。神父一下子就把整杯饮料喝光了。然后，他从长袖子里掏出一块手帕，擦干嘴唇，往前伸出双手，闭上眼睛，接着就在地上升高了六英寸。证据是十分令人信服的。马孔多于是有了一座教堂。

　　与此同时，小镇的阶级关系发生了深刻的变化。以地主占有土地、残酷剥削农民为基础的社会制度——封建主义从"奴隶制社会"脱胎而出。何·阿·布恩迪亚的长子何·阿卡蒂奥大施淫威，占有了周围最好的耕地。那些没有遭到他掠夺的农民（因为他不需要他们的土地），就被迫向他交纳税款。

　　地主阶级就这样巧取豪夺，依靠封建土地所有制和地租形式，占有了农民的剩余劳动。

　　然后便是自由党和保守党之间的旷日持久的战争。自由党人"出于人道主义精神"，立志革命，为此，他们在何·阿·布恩迪亚的次子奥雷里亚诺上校的领导下，发动了三十二次武装起义；保守党则"直接从上帝那儿接受权力"，为维护社会的安定和信仰的纯洁，"当仁不让"。这场泣鬼神、惊天地的战争俨然是对充满戏剧性变化的英国宪章运动、法国大革命和所有资产阶级革命的艺术夸张。

　　紧接着是兴建工厂和铺设铁路。马孔多居民被许多奇妙的发明弄得眼花缭乱，简直来不及表示惊讶。火车、汽车、轮船、电灯、电话、电影及洪水般涌来的各色人等，使马孔多人成天处于极度兴奋状态。不久，跨国公司及随之而来的法国娼妓、巴比伦舞女和西印度黑人等"枯枝败叶"席卷了马孔多。

　　马孔多发生了如此巨大的变化，以至于所有老资格居民都蓦然觉得同生于斯、长于斯的镇子格格不入了。外国人整天花天酒地，钱多得花不完；红灯区一天天扩大，世界一天天缩小，仿佛上帝有意要试验马孔多人的承受力和惊愕的限度。终于，马孔多爆炸了。马孔多人罢工的罢工，罢市的罢市，向外国佬举起了拳头。结果当然不妙：独裁政府毫不手软，对马孔多人采取了断然措施。马孔多人遭到了惨绝人寰的血腥镇压，数千名手无寸铁的工人、农民倒在血泊之中。

这是资本主义和跨国资本主义时代触目惊心的社会现实。《百年孤独》给出的结论是毁灭。这当然既保守又悲观，是一种极而言之。

同时，古老的《圣经》结构在《百年孤独》中复活。同时被激活的还有凝聚着原始生命冲动的各色神话。

## 时间像是在画圈圈

其次，《百年孤独》的所谓魔幻现实主义并非简单的"现实加幻想"（况且世上没有哪一种虚构作品不是建立在现实和幻想基础之上的）；事实上，真正的魔幻在于集体无意识的喷薄。马孔多人通神鬼、知天命，相信一切寓言。这是因为旧世界的宗教和新大陆的迷信，西方的魔术和东方的巫术，等等，在这里兼收并蓄，杂然相生。这是由马孔多的孤独和落后造成的。由于孤独和落后，人们对现实的感知产生了奇异的效果：现实发生突变。

与此同时，马孔多人孤陋寡闻，少见多怪。吉卜赛人的磁铁使他们大为震惊。他们被它的"非凡的魔力"所慑服，幻想用

它吸出地下的金子。吉卜赛人的冰块使他们着迷,被称为世界
上最大的钻石,并指望用它——"凉得烫手的冰砖"建造房子。
当时马孔多热得像火炉,门闩和合页都变了形;用冰砖盖房,可
以使马孔多成为永远凉爽的城市。吉卜赛人的照相机使马孔
多人望而生畏,因为他们生怕人像移到金属板上,人就会消瘦。
他们为意大利人的自动钢琴所倾倒,恨不能打开来看一看究竟
是什么魔鬼在里面歌唱。美国人的火车被誉为旷世怪物,盖因
他们怎么也不能理解这个安着轮子的厨房会拖着整整一座镇
子到处流浪。他们被可怕的汽笛声和扑哧扑哧的喘气声吓得
不知所措。后来,随着跨国公司的进入和香蕉热的蔓延,马孔
多人被愈来愈多的奇异发明弄得眼花缭乱,简直来不及表示惊
讶。他们望着明亮的电灯,整夜都不睡觉。还有电影,搞得马
孔多人恼火至极,因为他们为之痛哭流涕的人物,在一部影片
里死亡和埋葬了,却在另一部影片里活得挺好而且变成了阿拉
伯人。花了两分钱来跟人物共命运的观众,受不了这闻所未闻
的欺骗,把电影院砸了个稀巴烂。这是孤独的另一张面孔,与
马孔多人的迷信相反相成。

　　正因为马孔多的孤独和落后,也才有了《百年孤独》的魔幻
与神奇。这便是现实的"第三范畴",也即巴西魔幻现实主义作
家吉码朗埃斯·罗萨所谓的"第三河岸"。

　　于是,时间停滞了。何·阿·布恩迪亚几乎是在无谓的
"发明"和"探索"中活活烂死的,就像他早就预见的那样。奥雷
里亚诺上校身经百战,可是到底还是绝望地把自己关进了小作

坊。他再不关心国家大事,只顾做他的小金鱼。消息传到乌苏拉耳里,她笑了。她那讲究实际的头脑简直无法理解上校的生意有什么意义,因为他把小金鱼换成金币,然后又把金币变成金鱼;卖得愈多,活儿就愈重……其实,上校感兴趣的不是生意,而是工作。把鳞片连接起来,一对小红宝石嵌入眼眶,精雕细刻地制作鱼身,一丝不苟地安装鱼尾,这些事情需要全神贯注。这样,他便没有一点空闲去想战争的意义或者战后的空虚了。首饰技术的精细程度要求他聚精会神,致使他在短时间内比在整个战争年代还衰老得快。由于长时间坐着干活,他驼背了;由于注意力过于集中,他弱视了,但换来的是灵魂的安宁。他明白,人生的秘诀不是别的,而是跟孤独签订体面的协议。自从他决定不再去卖金鱼,就每天只做两条,达到二十五条时,再拿它们在坩埚里熔化,然后重新开始。就这样,他做了毁,毁了做,以此消磨时光,最后像小鸡似的无声无息地死在了院子的犄角旮旯里。阿马兰塔和上校心有灵犀,她懂得哥哥制作小金鱼的意义并且学着他的样子跟死神签订了契约。这死神没什么可怕,不过是个穿着蓝色衣服的女人,头发挺长,模样古怪,有点儿像帮助乌苏拉干厨房杂活时的皮拉尔。阿马兰塔跟她一起缝寿衣,她日缝夜拆,就像荷马史诗中的佩涅罗佩。不过佩涅罗佩是为了拖延时间,等待丈夫,而阿马兰塔却是在打发日子,拥抱死亡。同样,雷贝卡也不可避免地染上了马孔多人的孤独症。阿卡蒂奥死后,她倒锁了房子,完全与世隔绝地度过了后半生。后来,奥雷里亚诺第二不断拆修门窗,他妻子忧心如焚，因为她知道丈夫准是接受了上校那反复营造的遗传。

一切都在周而复始，以至于最不经意世事变幻的乌苏拉也常常发出这样的慨叹：时间像是在画圈圈，又回到了开始的时候；或者世界像是在打转转，又回到了原来的地方。无论是马孔多还是布恩迪亚家族，都像是坐上了兜着圈子的玩具车，只要机器不遭损毁，就将永远循环往复。

还是因为孤独和落后、魔幻和神奇，马孔多在罪恶的渊薮中沉降，以至于在生活与本能之间画上了等号。最后必得由跨国资本来打破马孔多的孤寂，但代价是高昂无比的毁灭。

与此对应的是《百年孤独》的叙述形式与结构形态。如果说周而复始是小说的基本结构，是抒写马孔多的封闭的，那么它的叙事节奏却是变化的：由慢到快、先张后弛。也就是说，小说的时间流速是飞速递增的。愈是前面的章节，时间流速愈缓慢，故事、语速也相对舒缓；愈到后面，节奏愈快，以至最终与外部世界的一日千里相对应。同时，原始社会的数万年被浓缩在了布恩迪亚第一代人的史诗般的迁徙当中，到最后跨国资本主义的一代则几乎有一种来不及叙述的急迫：奥雷里亚诺·巴比伦为避免在熟知的事情上浪费时间又跳过十一页，开始破译他正在度过的这一刻，译出的内容恰是他当下的经历，预言他正在破解羊皮纸的最后一页，宛如他正在对着一面会说话的镜子……这种加速度恰好与人类一日千里的物质文明进程相对应。

# 让一切毁灭

再次,小说选择了一位全知全能的叙述者:

> 多年以后,面对行刑队,奥雷里亚诺·布恩迪亚上校
> 将会回想起父亲带他见识冰块的那个遥远的下午。那时
> 的马孔多⋯⋯

这种既可以瞻前又可以顾后的叙事方式,为《百年孤独》画出一个奇妙的圆圈,它不仅形象地指涉了地球,而且也是孤独的一种象征。然而,这种肆意张扬的"传统"叙事方法恰恰是多数现代派作家刻意回避,甚至大肆攻击的。同代拉美作家,也即通常所谓的"文学爆炸"时期的其他主将走的也完全不是此等路径。无论是巴尔加斯·略萨还是富恩特斯或科塔萨尔,绝大多数拉美作家当时正处心积虑地进行着形式创新。概括起见,也便有了种种主义,如魔幻现实主义、结构现实主义、心理现实主义和幻想派,等等。当然,它们常常你中有我,我中有你,不能截然分割,但作为西方现代派形式革命的延伸,拉美结构现实主义无疑在技巧上做足了文章。且不说结构现实主义大师巴尔加斯·略萨,即使是富恩特斯和科塔萨尔等一干作家也都是技不惊人死不休的"反传统"先锋,是断然不屑于用全知全能叙述者的。

但正所谓"大象无形""大音希声",伟大的方法往往是简单的方法,常识也每每与真理毗邻。加西亚·马尔克斯不逐流。他的方法完全可能出现在 19 世纪,甚至更早的骑士小说时代、英雄传说时代……或者甚至神话寓言时代。而吉卜赛人的羊皮纸手稿令人迁思的不仅是塞万提斯的戏说(比如谓《堂吉诃德》乃阿拉伯书稿),并且荡漾着所有古老寓言的回音。当然,加西亚·马尔克斯身在其中,受到现代派浸润也是免不了的。他所谓来自"外祖母话说方式"的说法固然可信,却也未可全信。我们只能姑妄听之。这种瞻前顾后、纵横捭阖的叙事方式犹如神来之笔,多少具有偶然性,甚至无意识色彩。借用神话原型批评家们的话说,它仿佛来自布恩迪亚家族的集体无意识,并借梦境宣达神秘,从而嗡嗡地激荡着远古的记忆。等待它的出现耗去了作者整整十几年时间。而它的出现,除了前面说到的保守倾向,还预示着拉美"文学爆炸"由相对的突破转向了相对的整合,由相对的标新立异走向了相对的历史穿透。

总而言之,加西亚·马尔克斯是保守的。这种保守恰恰是古今文学经典的一个基本的向度。笔者曾致力于探究世界文学发展的基本规律,认为迄今为止世界文学基本遵循了向下、向小、向内的趋势,即自上而下、由强到弱、由宽到窄、由大到小、由外而内的历史轨迹。而荷马史诗到希腊悲剧到但丁的《神曲》到莎士比亚的《哈姆雷特》、塞万提斯的《堂吉诃德》、巴尔扎克的《人间喜剧》、托尔斯泰的《战争与和平》或曹雪芹的

《红楼梦》，等等，都或多或少具有针对这种向下趋势的背反意识。远的不论，就说《红楼梦》吧，其借神话和释道思想以反观主流意识形态（如仕途文化、致用精神等）的虚无观和空前（甚至有可能绝后）的女性审美维度（仿佛回到了母系社会，而作者的游牧近祖提供了这种可能性）难道不是一种顶顶保守的取向吗？同时，面对明清文学的向下向俗态势，曹雪芹的价值和审美抵抗可谓绝无仅有。当然，凡事相对相成，万物相生相克，最保守的有时往往也是最前卫的，20世纪女权主义的兴盛印证了这一点，神话原型批评也为它做了相应的注脚。

如是，这里所说的保守不是鸡犬得道或茹毛饮血、巫傩辱人，恰恰相反，它指向美好的人文、优秀的传统，甚而理想化了的历史记忆（盖因"人心不古"说源远流长，尽管事实上"人心很古"）。从这个意义上说，《百年孤独》并非完美无瑕，比如它指向原始生命力或原始冲动的津津乐道和不厌其烦多少彰显了作者或叙述者或一方人等意识或无意识深处某些为人伦讳、今世忌的原始欲念。而这些欲念连同马孔多的孤寂与灭寂终于使加西亚·马尔克斯矛盾而无奈地做出了抉择：让一切毁灭。

## 马尔克斯与中国

如今，马尔克斯走了。然而，只要我们还记得他的名字，就会不断地询问：他留下了什么？他留下的当然是作品，但又不仅仅是作品。

先说作品。他从文六十余年,作品不太多,也不太少。屈指算来,大约有十几部长篇小说、数十篇中短篇小说和各色脚本、随笔、评论及新闻稿若干。这么一个作家,从地球的另一端旋风般进入中国,不仅风靡一时,而且落地生根。这不可谓不魔幻。但这是有历史原因的。首先,上世纪 80 年代,"冷战"尚未结束,但包括东西方两大阵营在内的全世界对以马尔克斯为代表的拉美作家的评价都非常高,甚至超乎寻常地高度一致。这客观上对他进入中国起到了推动的作用。其次,拉美作家的成功对中国作家无疑既是鼓励,也是鞭策。适值我国"改革开放"之初,中国作家急于了解世界,也急于被世界所了解。走出去、走向"世界"是当时中国作家的最大愿景。对于中国作家来说,同属第三世界国家的拉美作家的成功,显然具有示范作用。再次,是他的作品确实不同凡响。曾几何时,这片大陆受马尔克斯和拉美魔幻现实主义影响的作家何止莫言、阎连科或阿来、陈忠实?!上世纪五〇后一代,甚至更年长一点的和更年轻一点的作家都或多或少受到过他的影响,其中尤以"寻根派"为甚。莫言获得诺奖前不久,谓终于读完了《百年孤独》,并且发现了一两只"马脚";但"当初却生怕读完了它,自己就不会写小说了"。阎连科在几年前发表过一大段关于马尔克斯及其《百年孤独》的评论。他的观点或可代表相当一部分中国作家。当然,他还有自己独特的感悟,比如他认为老马表现历史的方式最具有个性。

从具体作品来看,上世纪 80 年代,中国读者对马尔克斯没有理解得那么深，他们更关注的还是马尔克斯作品的形式，比如结构、技巧。作品的内在要素一直要到 90 年代才开始受到部分作家的关注。那时人们开始注意到拉美文学深层次内容，即除了形式的因素、魔幻的因素，有作家开始发现更为本质和深层次的精神诉求，比如对拉丁美洲民族集体无意识的表征。以莫言为例，他的中后期作品主要写本土的内容，其灵感显然受到了马尔克斯的影响，从而开始将注意力转向本土资源，甚至来源于童年时期听过的神怪故事和蒲松龄等本民族、本地区的经典作家。尽管他没有明确说到集体无意识的概念，但实际上在这个方向跟马尔克斯有了神交。这并非简单的借鉴与模仿，用莫言的话说，他是在跟马尔克斯搏斗，这种搏斗既为摆脱其影响，也为寻找属于自己的主题，替民族发声、替民族治病，承担家国道义的雄心壮志。其实马尔克斯的丰富性为许多中国作家所发现，除了结构形式，还有更为重要的内涵，因此他们对他的借鉴方式也多种多样、各不相同。有的作家借鉴其史诗般的结构，譬如阿来；陈忠实借鉴的是两个家族，及至两党的百年恩怨；贾平凹的马孔多则是他心心念念的陕西农村，从而描绘了中国农民的生存状态和历史沧桑。在这个意义上，马尔克斯对中国文学的影响是多层次、多方面的，并不仅仅是魔幻现实主义。

显然，中国作家是在饕餮般阅读和比较外国文学时选择马尔克斯的，他们大多注意到了以《百年孤独》及其所代表的拉美文学（时称"文学爆炸"）中的一个要素，即在借鉴西方现代文学形式技巧的同时，并没有放弃民族大道，没有放弃替一个民族，甚至整个美洲大陆代言的责任感、使命感。这些拉美作家无论对于民族文学的传统，还是整个西方乃至世界文学的优秀传统充满了守望意识。这在标新立异、以反叛和"新""奇""怪"，甚至"片面的深刻性、深刻的片面性"（袁可嘉语）为主导的 20 世纪世界文坛何啻一种"保守"。中国"寻根文学"中的"寻根"二字，就是从拉美文学借鉴过来的。

然而，当终于有人斥资百万美元买下了《百年孤独》的中文版权的时候，它同时也成了我们不少年轻人"死活读不下去的作品"。年轻读者正渐行渐远，他们不再关注马尔克斯及其所代表的伟大的文学传统。除了"死活读不下去的"《百年孤独》，其实马尔克斯的其他作品，甚至中短篇小说也乏人问津。人们宁愿沉溺于卡通或微信等的碎片化阅读，哪怕娱乐至死！于是，两极分化出现了。中国的主流作家以及年纪较大的读者到现在都痴迷于《百年孤独》，这由其新版发行量超过一百万册为证。而年轻的作家和读者不屑于或已经没有能力通读这些经典。我个人认为，这是文化生态严重蜕变的大问题，是我们面临的文学危机、文化危机。一方面，文化作为一种消费的产品，正日益在资本的推动下走向全球的每一个角落。那些卖得最好的，恰恰是最没有内涵和民族特色、最没有社会担当和家国道义的，但它们瓜分了阅读市场的最大份额。年轻人沉溺于浅阅读，对经典兴味索然。另一方面，作为发展中国家，我们又是多么需要民族认同感和凝聚力，这就意味着我们没有权利和资本将承载民族文化传统和精神基因的经典抛之脑后。

顺便说一句,拉美文学研究队伍的现状也令人担忧。拿整个教育系统来说,如今西班牙语与葡萄牙语学科招生红火。据教育部门统计,近年来西班牙语招生数量仅次于英语!但从文学翻译和文学研究的角度来看,其队伍却呈日益萎缩态势,竟远不及上世纪80年代。拉美文学研究亟须扩充队伍,需要得到学界更多的关注。这个问题普遍存在于英语语言文学翻译、研究之外的几乎所有其他语种。

且说马尔克斯在我国从风靡一时到"死活读不下去",是一个带有警示作用的大问题。前面说过,马尔克斯创作《百年孤独》是为了替民族留下一部史诗或"拉丁美洲的《圣经》",起到警示读者的作用。这其中既有对民族伟大传统的肯定和褒奖,譬如它的坚忍不拔和旺盛的生命力(甚至有过之而唯恐不及,譬如其对原始生命力的描写)、想象力,但同时它的落后和愚昧及由此生发的种种"魔幻"和劣根性也是他毫不留情针砭的对象。因此,马尔克斯不承认自己的作品是魔幻现实主义。他一直认为自己是现实主义作家,传承了数千年世界文学经典的现实主义要素。但文学经典正在成为"死活读不下去的作品",这既是时代发展的可悲结果,因为它迎合了跨国资本主义全球文化"工业化""娱乐化"的消费主义本质诉求,也是我们自动放弃文化操守、拥抱消费主义所导致的可怕现实。而这一趋势正是由美国华尔街所主导的。娱乐吧,但死的是我们,而非华尔街。在此背景下,热爱马尔克斯和文学经典的读者在急剧减少,而研究这些经典的我们则同样被边缘化、同样有"曲高和寡"、吃力不讨好的感觉。但是,《百年孤独》中祖祖辈辈愚公移山般创造的家园被跨国资本洪水般毁于一旦的描写,难道还不够振聋发聩吗? 正所谓"春江水暖鸭先知","距上帝太远,离美国太近"的马尔克斯及"文学爆炸"的遗产不仅值得重视,还值得我们深长思之。

再说为人。我与马尔克斯有过两次近距离"亲密"接触。一次在 1989 年,另一次在 1996 年。如今老马走了。文学的伟大传统呢,它今安在? 关于这个问题,每个人都有自己的答案,无须多言。但是,马尔克斯究竟是怎样一个人呢? 这就不是所有人都可以回答的了。我不妨述说一二。

首先是曾经令国人大为纠结的一种说法,谓马尔克斯对我国的盗版猖獗大为不满,以至于留下狠话:"一百五十年内不会将其版权售与中国。"缘何一百五十年,而非一百年或永远? 那是因为他老人家为了感念经纪人的帮助(后者为《百年孤独》的出版和营销费尽心机),曾与其签订了一百五十年的版权代理合同。此外,同样的话他也曾对哥伦比亚——他的祖国说过,而且不止一次。因此,批评我国盗版猖獗并不说明老马对华的态度。他本质上并不十分了解中国,其对我国的认知不会超过一般拉美知识分子的平均水平。倒是他认同社会主义理想、支持社会主义古巴的心志一直没有改变。他不仅与卡斯特罗交往甚笃,而且关注中国,曾于上世纪 90 年代初以游客身份来华旅行,在北京和上海留下了身影。况且即使他因盗版而对我国有过偏见,也早因我国多家出版机构的积极斡旋并最终版权花落"新经典"而尽释前嫌。作为佐证,早在上世纪90年代末,我就有心邀他访华,他也曾积极回应,却终因他身患绝症而一直未及如愿。

用最浅显的话说,他热情谦和、平易近人,是难得的古道热肠。他与略萨的"恩怨情仇"也曾被媒体炒得沸沸扬扬。然而,他从未在略萨走向诺贝尔文学奖(2010年)的道路上使绊。2007年,适值作者八十生辰,《百年孤独》四十周年特别版出版之际,马尔克斯"放下身段",主动向略萨示好,请后者为新版《百年孤独》作序。如今,加西亚·马尔克斯的冤家兄弟巴尔加斯·略萨也成了诺贝尔奖家族的一员。这无疑为一个时代(或可谓西班牙语文学的第二个黄金世纪)画上了圆满的句号。曲为比附,我曾称加西亚·马尔克斯为文坛凡·高,巴尔加斯·略萨为毕加索。前者是天才,《百年孤独》犹如神来之笔;后者则是个与时俱进且极富创新精神的学者型作家。因此,孰轻孰重是文学的问题,也不尽然是文学的问题。俗话说得好,萝卜青菜,各有所爱。文学解读和批评可以强调意识形态,也可以淡化意识形态(尽管这也是一种意识形态);可以是感性的、印象式的,也可以是理性的和高度理论化的。文学不是用单纯的社会学方法便可以一览无余的,就像心灵不能用此时此刻或彼时彼刻的一孔之见来一概而论。譬如亲情、友情、爱情、乡情,等等,一方面虽非亘古不变,另一方面却又不一定因时代社会的变迁而变迁。血缘对于亲情、互助对于友情、忠贞对于爱情、思念对于乡情几乎千年不变，尽管其形式在游离，一如家庭这个社会细胞也不再像过去那么稳定。四海为家、全球一村的感觉也在不知不觉地向我们逼近。然而，但凡有亲情、友情、爱情，有我们生于斯长于斯的一方水土在，上述情感将依然是人类的美好诉求。而所谓的自然伦理也不外乎天伦之乐的延伸。如此推演，探究经验与超验、已然与或然、物质与精神、肉体与心灵，以及生命的意义和无如，情感的诚挚与怪诞，审美的个性与共性，历史的真实与虚妄，以至语言、阅读、写作、想象本身和人性的类似与迥异、简单与复杂，此岸的困顿与留恋、彼岸的玄想与可能，等等，依然并将继续是文学的使命。这自然是由文学的特殊性所决定的，盖因文学是加法，是并存，是无数"这一个"之和；它也是心灵的最佳投影，比历史更悠远、更真切，比哲学更丰富、更具体。人心微似纤尘，大于宇宙。鲁迅谓人心很古，但文学最不势利；马克思关于古希腊神话的"童年说"和"武库说"更是众所周知。同时，文学是各民族的认知、价值、情感、审美和语言等诸多因素的综合体现。因此，文学既是民族文化及民族向心力、认同感的重要基础，也是使之立于世界之林而不轻易被同化的鲜活基因。也就是说，大到世界观，小到生活习俗，文学在各民族文化中起到了染色体的功用。独特的染色体保证了各民族在共通或相似的物质文明进程中保持着不断变化却又不可淹没的个性。唯其如此，世界文学和文化生态才丰富多彩；唯其如此，文学才是各民族相互了解、相互理解和相互尊重的重要介质；唯其如此，也才需要东西南北的相互交流和借鉴。同时,古今中外,文学终究是一时一地人心的艺术呈现,建立在无数个人基础之上,并潜移默化、润物无声地表达与传递、塑造与擢升着各民族活的灵魂。这正是文学不可或缺、无可取代的永久价值、恒久魅力之所在。

回到马尔克斯,他的古道热肠还体现在他的知恩图报。譬如上世纪 50 年代他曾流亡巴黎,寄居在一家小客栈的阁楼中。当时他穷困潦倒,不仅付不起房租,就连一日三餐也无法保证。于是,他和其他流浪汉一样,发现了一个天大的秘密:巴黎人不吃肉骨头和动物下水,并借此以聊补无米之炊。后来,当他不得不离开巴黎、流亡墨西哥时,房东放了他一马。但法国房东万万不会想到,这个一文不名的穷书生有朝一日会带着一大沓钱来连本带息加倍加价补交房租。1982 年,马尔克斯获得诺贝尔文学奖,并在一片欢呼声中(韩素音称之为唯一没有争议的诺贝尔文学奖获得者),兴冲冲回到巴黎,费尽周折找到了原来的客栈。只可惜房东早已谢世,房东太太一把眼泪、一把鼻涕地接待了马尔克斯这个"唯一记得来补交房租的人",却说她不想也不能收这个钱,因为她被来者的诚信所感动,同时也要替天上有知的丈夫做一件大事:对世界文学尽一份力!

另一件小事或可说明马尔克斯乃性情中人。也是在 1982 年,马尔克斯几经辗转,终于联系上了他心仪已久的嘉宝。此乃真性情也!嘉宝是他青年时期的偶像,但 1982 年她已然是个无人问津、蜗居于室的孤独老妪。马尔克斯多少带着造访孤独的心境,但他的到来使嘉宝喜出望外。他们促膝长谈,其间感慨系之：见老马不断用手揉他的眼睛，嘉宝便戴上老花镜、取来放大镜替他探个究竟。原来是倒了一根睫毛。

斯人已矣。文学的伟大传统呢，如今安在？作家的丰富遗产呢，也许只是聊作谈资，偶尔被人一提罢了。

# Ⅲ 童心与诗意间的交叉小径
## ——读博尔赫斯的"童年"

　　《读书》杂志 2000 年第八期载有吕大年先生《乔治时代的童年》一文,该文从绘画入手,言说"童年"观念在英国的演变。文章最后归结出两点感想,其中一点对我的启发是:儿童意识不到自己是儿童,或者至少他们心目中的童年和成人心目中的童年并不是一个概念。这其实很简单,但我们有时是否会忽略儿童的心智呢,或者像某些西方人那样将我们视为他者。

　　反过来说,成人心目中的童年有时是被我们成人化、理想化了的。这是因为我们已经远离童年且常常拿自己的认知对自己的童年经历进行自觉不自觉的歪曲。我们甚至对孩子们说:"瞧,你们多幸福。"的确,童年不那么世故,童心比较单纯。因此,儿童的天真烂漫和相对的幸福也是毋庸置疑的。但与此同时,儿童事实上又并不像我们想象的那么无忧无虑。他们有他们的烦恼。就说现代儿童的早熟和他们背负的沉重书包吧，正所谓"关爱既深，期许也重"，时代赋予的精神压力（儿童自杀率呈上升趋势便是明证）代替了过去的贫病之苦。

博尔赫斯对此心知肚明。他在言说的诸如此类的问题时，就曾对有关概念发表宏论：

> 我记得父亲讲过，记忆是个令人悲哀的问题。他说："我们初到布宜诺斯艾利斯时，我以为它将帮我回忆起童年的时光，但现在我知道这完全不可能。"我问他为什么。他说："因为我认为记忆不可信。"（不知道这是不是他自己的理论，但它深深地吸引了我。因此我一直没有追问他是它的发现者还是发展者。）"假设我要回忆某事。"他继续说，"比如有关今天早晨，那么我可能得到它的某种意象。但假如到了晚上再来回想早晨的光景，那么我想起的将不是早晨而是关于早晨的第一意象，即现在到早晨的意象。因此。我每每追忆往事，总觉得实际并非回到往事本身。而是在回忆最后一次忆起的情景。是回忆我对它的最后记忆。也就是说，关于我的童年或者青年，我根本无法接近本真或者形成明确的概念。"随后，他拿一堆硬币来说明这一点。他把一枚硬币放在另一枚硬币上，说："好，打个比方，这一枚硬币，最底下的一枚，就是我对童年的那幢房子所形成的意象；这第二枚则是我回到布宜诺斯艾利斯后对那幢房子的记忆。依此类推，第三枚又是另一个记忆。

由于每一个记忆都略微走样,因此我今天的记忆就不会是第一个意象。所以,我试图忘掉过去。因为假如决意要去回忆,那么我想起的将是各种记忆,而不是事物本身。"他的话使我感到沮丧。想一想吧,我们对青年时代或许压根儿就没有真实的记忆。

此话乍听虚妄,却可能千真万确。人对事物的感知(包括记忆)不可能毫不失真。而这种失真(哪怕微乎其微)的连续重复就可以将事实完全扭曲。

## 童梦中的金色老虎

从博尔赫斯的大量自述和遗留物品中,我们可以明确无误地看到他对老虎的崇拜。他曾经不停地画虎,并用幼稚的笔触涂鸦和宣达心中的感觉。多年以后,当他回想起老虎时,还常常激动不已。在一篇题为《梦虎》的短文中,他这样写道:

> 小时候,我对老虎的迷恋达到了狂热的地步。当然,我迷恋的既不是出没于巴拉那之滨的黄斑虎,亦非亚马孙流域的那色彩模糊的品种,而是纹理清晰的真正的亚洲虎。只有骑在大象身上的武士,才能和它匹敌。我常常在动物园的一扇铁栏前流连忘返。我所以喜爱卷帙浩繁的百科全书和自然历史,就因为那里有老虎的光辉(对它的

图像我至今记忆犹新，却难于记住某位女士的额头和笑容）。童年易逝，老虎的形态及对老虎的热衷也渐渐淡去，然而老虎的金黄依旧留在我的梦中，统治着这个阴沉、混乱的处所。于是，睡梦中，每当我为某个梦境而陶醉并突然发现它是一个梦境，我就会这样想：这是一个梦，是意志娱乐使然。我常想，既然梦中无所不能，那么我就梦一只虎吧。

哦，太没出息！我的梦从未产生出这种令人陶醉的猛兽。的确，我梦见过虎，但只是些形态衰弱的标本，而且千篇一律，瘦削可怜，稍纵即逝，活像只小狗或鸟。

博尔赫斯以一首题为《另一只老虎》的诗，把老虎和自己、老虎和文学忧郁地联系在了一起：

> 黑暗在我的心中扩展无限，
> 我用诗呼唤你的名字：老虎！
> 我想你只是符号组成的幻象，
> 一系列文学比喻的串联拼贴，
> 或者百科全书里综合的图景，
> 而不是苏门答腊和孟加拉
> 威猛的兽王……

我不知道博尔赫斯是否真的经常梦他儿时热衷的那些条

纹明晰的亚洲虎,但有一点似乎可以肯定:他珍惜所有儿时的感动,尽管那些感觉早已模糊。而艺术想象恰恰是恢复和重构那些感觉的最佳途径。于是,老虎的条纹变成了昼夜交替、日月更迭的时间,变成了童心的象征。

正因为这样,博尔赫斯多次写到虎,而且内容重复。在《最后的老虎》中,他就重复了儿时的记忆。他说他"一生与虎有缘"。"从孩时起,阅读和我的生活紧密地交织在一起,以至我难以清楚地分辨记忆中的第一只虎是版面上的图像,还是动物园里那只让我在铁栅栏外痴迷的动物……"所不同的是"最后的老虎"乃某动物世界的一只驯良的真兽,博尔赫斯在驯虎员的帮助下抚摩了它的"金黄"。但本质上并没有什么不同。"古往今来的虎,都是标准的虎,因为就它而言,个体代表了全部",博尔赫斯如是说。

博尔赫斯还说,"老虎永远希望自己是老虎"。是的,老虎也永远是老虎。那么人呢?

人(尤其是孩子)的天性之一是喜欢动物,譬如老虎,这是一种既敬且畏的欢喜。老虎威武勇猛,素有兽王之称。和博尔赫斯一样,去动物园看老虎多少也是我们童年时期的一大快事。没有战争的威胁,但同时也没有多少娱乐可谈,看老虎,听老虎咆哮,便是令人兴奋的少数物事之一。然而,随着岁月的流逝、年岁的增长,童年的记忆、童年的爱好逐渐远去,直至消失。于是,我们无可奈何,更确切地说是无知无觉地实现了拉康曾经启示的那种悲剧:任由语言、文化、社会的秩序抹去人

（其实是孩子）的本色，阻断人（其实是孩子）的自由发展，并最终使自己成为"非人"。但反过来看，假如没有语言、文化、社会的秩序，人也就不成其为人了。这显然是一对矛盾，一个怪圈。一方面，人需要在这一个环境中长大，但长大成人后他（她）又会失去很多东西，其中就有对老虎的热衷；另一方面，人需要语言、文化、社会的规范，但这些规范及规范所派生的为父为子、为夫为妻以及公私君臣、道德伦理和形形色色的难违之约、难却之情又往往使人丧失自由发展的可能。

## 艺术再造的神秘镜子

和老虎一样，镜子使童年博尔赫斯着迷。这也是一种既敬且畏的欢喜。

据说，博尔赫斯第一次对镜子产生敬畏是在乌拉圭的亲戚家。当时他与妹妹诺拉及另一个孩子在屋子里做追捕游戏。屋子比较黑（这适合于捉迷藏），其中一壁墙边耸立着一口衣柜，衣柜上镶嵌着一面镜子。有一天晌午，睡眼蒙眬的博尔赫斯看到有个影子出现在镜子里，他是个杀手，而且是他们做游戏时想象或扮演的那个杀手。妹妹诺拉和另一个小伙伴恰好午睡醒来，也看到了镜子里的杀手。他们本能地回头寻找现实时空，却什么也没有发现。于是，那个在镜子里隐约出现的影像顿时被赋予了神奇的色彩。从此以后，"鬼魂般永远醒着"的镜子便成了博尔赫斯一生的意象。

在数量众多的诗文中,博尔赫斯不断吟诵并神化镜子,把镜子等同于现实的重复或重复的恐惧。"面对巨大的镜子,我从小就感到了现实被神秘地再现、复现的恐惧。在我看来,从傍晚时分开始,镜子都异乎寻常。它们准确而持续地追踪我的举止,在我面前上演无有穷尽的哑剧。于是,我向上帝和保护神的最大祈求便是别让我梦见镜子。我总是惴惴不安地窥视镜子,生怕它们会突然变形,复制出莫名其妙的容颜。"(《被蒙的镜子》)在其他两首以《镜子》为题的诗中,博尔赫斯也重复了他的恐惧。

博尔赫斯时刻提醒读者:对镜子的恐惧乃是他儿时的感受,尽管随着年岁的增长,这种感受被逐步赋予了形而上的哲学意蕴。当然,这是后话。我怀疑儿童时期的博尔赫斯一定有过这样的感受。这种怀疑首先来自他后来的作品:像镜子一样反复。而且令人奇怪的是,博尔赫斯年轻时期并不见得那么热衷于镜子。他早期的诗集《布宜诺斯艾利斯的热情》《面前的月亮》和《圣马丁札记簿》几乎都没有写到镜子。更不用说他早期讴歌十月革命、追求形式创新的极端主义诗作。即便偶尔提及,比如《布宜诺斯艾利斯的热情》中的《近郊》——"镜面上泛着微光"——那镜子也只不过是一笔带过的简单物件:"恰似黑暗中的水潭。"因而我想他对镜子的敬畏是后来才复兴的一种艺术感觉、艺术需要。

文艺家施克洛夫斯基说过:"艺术知识所以存在,就是为使人恢复对生活的感觉,就是为使人感受事物,使石头显示出石头的质感。艺术的目的是要人感觉到事物，而不仅仅知道事物。艺术的技巧就是使对象陌生，使形式变得困难，增加感觉的难度和时间的长度，因为感觉过程本身就是审美目的，必须设法延长。艺术是体验对象的艺术构成的一种方式，而对象本身并不重要。"施克洛夫斯基突出了"感觉"在艺术中的位置，并由此衍生出关于陌生化或奇异化的一段经典论述。其实所谓陌生化，指的就是我们对事物的第一感觉。而这种感觉的最佳来源或许就是童心。它能使见多不怪的成人恢复特殊的敏感，从而"少见多怪"地使对象陌生并赋予艺术的魅力、艺术的激情。

前面说过，就总体而言，人类无法回到自己的童年，恢复童年的敏感。但作家、艺术家可以。他们通过艺术想象使人使己感受事物，"使石头显示出石头的质感"。曹雪芹曾经借助于刘姥姥的"第一感觉"写出了钟的质感：

> 刘姥姥只听见咯当咯当的响声，大有似乎打箩柜筛面的一般，不免东瞧西望的。忽见堂屋中柱子上挂着一个匣子，底下又坠着一个秤砣般一物，却不住的乱晃。刘姥姥心中想着："这是什么爱物儿？有甚用呢？"正呆时，只听得当的一声，又若金钟铜磬一般，不防倒唬的一展眼。接着又是一连八九下。

我曾经长期研究另一位拉美作家：加西亚·马尔克斯，尝试过社会学和历史学的批评方法,也从神话-原型批评的角度分析过他的《百年孤独》,并有感于他给出的种种状态:原始、封建、现代甚至后现代以及《圣经》般的震撼力。但触目惊心的,还是那些"陌生化"描写。总之,这样的"第一感觉"在伟大的作家、艺术家手下屡试不爽。

然而,这种"第一感觉"并非真正意义上的童年记忆,而是一种艺术再造。我们成年人无法忆起孩提时代第一次看见镜子的感觉,但是我们可以通过某些实验清楚地看到幼儿第一次看见镜子的激动。

且说博尔赫斯从害怕镜子到迷恋镜子并非自然而然,而是个艺术的再造过程、艺术的升华过程。我不相信雅克·拉康关于镜子的理论。所谓镜子在人类潜意识发展过程中的巨大作用显然是夸大其词。至于罗德里格斯·莫内加尔所说的镜子,则是把弗洛伊德学说推向了极致。具体到博尔赫斯,罗德里格斯·莫内加尔认为前者很可能通过镜子窥见了父母的性爱。他拿《特隆、乌克巴尔、奥尔比斯·特蒂乌斯》中的一段开场白为例,说明博尔赫斯确实经常把镜子与性爱联系在一起。

> 我依靠一面镜子和一部百科全书发现了乌克巴尔,镜子令人不安地悬挂在高纳街和拉莫斯梅希亚街的一幢别墅的走廊尽头;百科全书冒称《英美百科全书》(纽约,1917),实际上却是《不列颠百科全书》的一字不差的偷懒

的翻版。事情发生在四五年前。那天夜里,比奥伊·卡萨雷斯和我吃过晚饭后迟迟没有离开餐桌。我们在一部小说的写法上争论不休。这部小说要用第一人称,叙述者要省略甚至歪曲许多事情,使作品矛盾百出,以至少数读者(为数极少的读者)能够探测到一个可怕而又平庸的故事。镜子在走廊尽头远远地窥视着我们。我们发现(在深夜,这种发现是不可避免的)大凡镜子,都有一股子妖气。于是,比奥伊·卡萨雷斯想起来,乌克巴尔的一位祭司曾经断言:镜子和交媾是污秽的,因为它们使人口增殖。

这种说法和后来博尔赫斯随父母前往欧洲"是因为手淫成疾"的推测一样虚妄。

我更相信镜子只是他的一个比喻,像梦魇,像世界,像上帝。他后来描写镜子的那个童心当然也是再造的、艺术的,而非记忆的、现实的。再后来,他双目失明,永远看不到世界,也看不到自己了;镜子遂被日益蒙上了神秘的色彩。

凡此种种,同样在博尔赫斯的小说中反复出现。《罗森多·华雷斯的故事》就因为主人公在鲁莽的挑战者身上看到了自己,才洗心革面,重新做人。"我在这个鲁莽的挑战者身上看到了自己,就像是对着一面镜子"(《布罗迪的报告》)。这个神奇的故事曾经在《玫瑰街角的汉子》(《恶棍列传》,又译《世界性丑事》)中演绎过一次,只不过当时博尔赫斯尚未将镜子与"上帝知道的完美形式"联系在一起,也尚未联想到这面"以人鉴己"的"镜子"与诸多神秘故事的关系①。我想,镜子的这种奇特功用暗合着他关于"另一个我"的剖视。

此外,在《探讨别集》中博尔赫斯援引《哥林多前书》里圣保罗的话说,我们看世界,就像是"通过一面镜子看谜",或者用德·昆西的说法,把镜子与"钥匙"混为一谈:"地球上的各种非理性的声音也应该是各种代数和语言,在一定意义上各有各的钥匙,即它们严格的公式和语法。因此,世界上的小东西可能就是大东西的秘密镜子。"这就应了一粒沙中看世界的佛家名言。而镜子在这里也就最终失去了作为对象的本来含义。

## 童年构织的曲折迷宫

和镜子一样,迷宫令博尔赫斯着迷。

不少传记家把博尔赫斯的迷宫情结归结于儿时的玩耍,认为童年博尔赫斯在自己身上看到了忒修斯或牛头怪,在诺拉身上看到了帕西法厄或阿里阿德涅(在博尔赫斯的记忆中,诺拉人小鬼大,常常在游戏里充当主角儿,而且说得出"老虎为爱而生"那样深刻玄妙的话语)。窃以为这多少有些牵强。前面说

---

① 其中数《塔德奥·伊西多罗·克鲁斯小传》《阿莱夫》)最为典型。故事源出《马丁·菲耶罗》,主人公克鲁斯率部捉拿马丁·菲耶罗,"他在黑暗中奋力搏杀,心里却开始明白。他明白命运并不给人贴好坏标,人们应该凭良心做事。他明白肩章和制服对他只是个束缚"。最终,他在对手身上看到了自己的影子,于是"认敌为友""投暗弃明"。这样一来,马丁·菲耶罗也便当仁不让地成了克鲁斯的一面镜子。

过,作家博尔赫斯的童年感觉是非常值得怀疑的。童年的精灵和魔鬼、游戏和记忆也许只是他艺术创作的噱头和契机。

但博尔赫斯的确是在童年的游戏和阅读中认识迷宫的,而且我想博尔赫斯一定是读完希腊神话之后,才开始创造有关迷宫的游戏或对现实中的迷宫形成概念的。就像博尔赫斯所说的那样,"我对事物的理解,总是书本先于实际"。

据博尔赫斯回忆,他和妹妹常到阿德罗格去度假,那里的房子很像一座迷宫。而在这之前,他应该已经在书里看到过弥诺斯迷宫及有关迷宫的神话,尽管他对迷宫及迷宫神话的详细叙述是在 1969 年的《幻想生命录》中:

> 那牛头怪是克里特岛王后帕西法厄与一头海底公牛的爱情产物。弥诺斯一方面满足了王后的变态欲望;另一方面又秘密营造了一座迷宫,将新生的怪物囚禁起来。牛头怪吃人,为了供养他,克里特王强迫雅典城每年进贡少男少女各七名。当轮到雅典王子忒修斯成为牺牲品时,他决心与怪物决一死战,以便将自己的城邦从这一可怕的灾难中永远解救出来。克里特国王的女儿阿里阿德涅送给他一个线团,引导他在迂回曲折的迷宫里找到出路:英雄杀死牛头怪后逃出了迷宫。

奇怪的是,博尔赫斯并不是沿着神话原有的思路诠释迷宫的。迷宫的遭遇与镜子相同,也是在他以后的创作中逐步完成其玄妙的象征意义的。他在早期作品中很少提到迷宫，20 世纪 60 年代的《创造者》和《影子颂歌》才比较集中地阐释迷宫并把弥诺陶洛斯神话逐步解构并演绎成了后来的"阿斯特里昂神话"。

在《皇宫的寓言》中，博尔赫斯只是泛泛地提到了迷宫：一天，皇帝带着诗人参观宫殿。他们一路走去，先经过西面一大片像一个几近无边的露天剧场的台阶，向下通往一个乐园或者花园，园中的金属镜子和错综复杂的刺柏围篱显现出迷宫的迹象。他们兴高采烈地走了进去，起初仿佛是在做一种游戏，但后来却感到了不安，因为刺柏围成的通道看似笔直，实际上乃是连绵不绝的弧形，构织着秘密圆圈。

在此后以《迷宫》为题的几首诗里，作家开始真真正正地构织自己的迷宫了。其中一首吟道：

> 永远找不到出口。你在那里，
> 那里便是整个宇宙，
> 既无正面，或者反面；
> 也没有外部，或者秘密的中心。
> 你蹒跚而行，脚下的路
> 注定要分岔，另一条，
> 再执拗地通向另一条，
> 你休想找到尽头。你的命运早已注定，
> 一如定命者毫不留情。

你无须担心，

那牛头人身的怪物

给错综复杂的石宫

增添什么恐惧。

随后创作的另一首《迷宫》是对前一首的补充和扩展。叙述者从"你"回到了"我"，诗人对弥诺陶洛斯神话的演绎也从纯粹的解构演变成了一种可怕的重构：

宙斯无法让我解脱

……

那就是我的命运。

随着岁月的侵蚀，笔直的通道

变成迂曲的圆圈，

石墙裂出了缝隙。

我在苍茫的尘埃中，

分辨出可怕的足迹。

傍晚的空中有凄凉的吼声，

或吼声的回音。

我知道阴影中还有一个。

他的命运是走向枯竭：

这个地狱的漫长孤寂。

……

我们两个互相找寻。

但愿这一天是最后的期待。

　　在这些有关迷宫的游戏中,叙述者(或者博尔赫斯)开始把自己等同于弥诺陶洛斯。这一点在小说集《阿莱夫》中得到了证实。有趣的是,《阿莱夫》先于以上诗文的创作时间。这种"谜底"先于"谜面"的做法多少蕴含着博尔赫斯式秘密武器的要素:"反其道而行之。"

　　《永生》(又译《不休者》)占据了《阿莱夫》这个集子的首要位置——第一篇。它虽然很少直接提到"迷宫",但所有的描写和布局实际上都是围绕迷宫及其谜底而展开的。它与《杜撰集》中《死亡与罗盘》的主题十分相似。所不同的是前者的谜面是空间,谜底是忘却;后者的起因是时间,结果是死亡。而忘却和死亡又常常是可以画等号的。

　　从某种意义上讲,时间到空间的转换强化了迷宫的意念。"我的艰辛起始于底比斯的一座花园","后来发生的事情扭曲了记忆","我忍无可忍地看到了一座迷宫"。迷宫虽然小巧玲珑,但曲径分岔,"我知道我到达目的地之前就会死去"。"我从地下来到一个地方,它就像是个广场,更确切地说是个院子。院子四周是循环连续的建筑,尽管建筑的每个组成部分形态各异,高低不一,而且配有相应的穹隆和廊柱。这一出人意料的建筑的最大特点和奇特之处是它的古老。我觉得它先于人类,甚至先于地球的生成。在我看来,这种明显的古老(尽管看来有些可怕），只能出自不朽的工匠之手。我在这错综复杂的宫殿里摸索，起初小心翼翼，之后就无动于衷甚至恼火至极了……'这座宫殿是神建造的'，开始我想。但是当我参观完所有无人居住的地方后，我改变了想法：'建造宫殿的神已经死了。'由于注意到了宫殿的奇异之处，我又说'宫殿的建造者准是个疯子'。"等等。最后，"接近尾声时，记忆中的形象已然消失，只剩下句号一个……我曾是荷马，不久之后，我将和尤利西斯一样，谁也不是，再之后，我将成为众人，因为我将死去"。这个故事在《两位国王和两座迷宫》中再次分化并合二为一。《两位国王和两座迷宫》取材于阿拉伯传说（这是博尔赫斯惯用的手法），说的是古巴比伦有一位匠心独具的国王，他下令建造了一座玄妙复杂的迷宫。一次，他邀请或者欺骗一位阿拉伯国王进入迷宫，参观这一鬼斧神工。阿拉伯国王在迷宫中东奔西突，走了一天也没能找到出口。直到他祈求神灵帮助，才勉强脱离那座迷宫，他发誓要以其人之道还治其人之身。后来，他率领手下大举进犯巴比伦，竟长驱直入，势如破竹。最后，他成功俘获对手，并将他带到了一望无际的沙漠。他对已经不是巴比伦国王的巴比伦国王说："这就是我让你参观的迷宫，它既没有阶梯，也没有门墙。"说罢，他留下对手，带着自己的人马走了。对手独自待在一望无际的沙漠里，终于饥渴而亡。

在《阿莱夫》的另一篇小说《死于自己迷宫的阿本哈坎》里，叙述者讲述了一个不断轮回（或者角色转换）的故事：国王阿本哈坎的对手萨伊德为了杀死阿本哈坎，将自己装扮成阿本哈

68

坎。而这个假扮的阿本哈坎进入迷宫的目的并非为了宝藏,而是杀死阿本哈坎。但杀死阿本哈坎的结果是自己变成阿本哈坎。博尔赫斯援引《古兰经》里的一句话作为题词,"……譬如蜘蛛织网",并借人物之口,认为"谜底终究不如谜面本身有趣"。这是因为,谜面具有超然、神奇的色彩,而答案往往只是简单的把戏。它或许就是博尔赫斯如此热衷于重复谜面(关于迷宫的种种说法)的原因所在。回到前面说过的几篇以《迷宫》为题的诗文,不难看出博尔赫斯更加关心事物的过程,而所谓的结论(假如给出结论)则常常由死亡或者忘却,A 取代 B 或者 B 等于 A 一笔带过。

这样的重复(解读或演绎)虽然带有一定的游戏色彩,但它们构成了博尔赫斯迷宫的不同的曲折回廊或交叉小径。

《阿斯特里昂之家》是《阿莱夫》这个小说集中最令人关注也最重要的篇什之一。阿斯特里昂原本是指小行星或恒星之类,是博尔赫斯在翻阅词典时偶然获得的,用来命名他的这一个"牛头怪"。小说由三部分组成。第一部分只有一句话:"王后生下了阿斯特里昂。"这也是小说的一句十分重要的题词,限定了阿斯特里昂与弥诺陶洛斯的对应关系。小说的第二部分,也即主体部分,是阿斯特里昂在"王宫"的独白。随着叙述的一步步拓展,我们逐渐发现他原来是个"囚徒",他所在的"王宫"原来竟是一座迷宫:"我像一头要发起攻击的小公羊那样,在石头的回廊里东奔西跑,直至头晕目眩……""宫殿的所有部分都重复了好几回,任何地方都是另一个地方……"小说的最后一部分只有两句话:"晨曦在青铜铸就的剑刃上闪闪发光,上面没有一丝血迹。'你相信吗,阿里阿德涅?'忒修斯说,'那个牛头怪根本没有反抗。'"

小说所以令人关注,并非因为阿斯特里昂与弥诺陶洛斯、王宫与弥诺斯迷宫的简单对应,而是它提供的神话以外的各种信息。比如阿斯特里昂说:"我不能和平民百姓厮混,尽管我谦逊的性格很希望这么去做。""在许多游戏中,我最喜欢假扮成另一个阿斯特里昂。我假设他是我请来的客人,带他参观我的宫殿。我一本正经地对他说:'现在我们回到先前的岔口',或者'我们进入另一个庭院',或者'早知道你会喜欢水沟',或者'你会看到一个积满淤泥的水池',或者'你还会看到一分为二的地下室'。有时候我把角色颠倒了,于是我们高兴地笑了。"这不能不让人联想到博尔赫斯的童年的孤独、童年的游戏。当然更为重要的是忒修斯并非那一个神话中的"对手",而是等待中的"救星"。"……预言说我的救世主迟早会来。从那时起,我不再因孤独而痛苦,我知道我的救世主依然存在……但愿他把我带到一个没有这许多回廊和门道的地方。"这段独白不但彻底消解了希腊神话中牛头怪和忒修斯的关系,而且最终牵引出另一个神话——博尔赫斯的形而上的迷宫:"我的救世主会是什么模样? 我思量着。他到底是牛还是人? 也许,他是一头长着人脸的牛? 也许,他和我一模一样?"

可见,博尔赫斯呈现的更多是童心之幻,它或可用来匡正和补充李贽的童心之真(《童心说》)。首先,神话被认为是人类童年时期的艺术创造,和童心的关系毋庸讳言。而今,人类虽然早已远离童年,但童年的艺术创造一直通过其不灭的原型鲜活地留存于世界艺术。借马克思的话说,困难不在于它们是如何同一定的社会发展形式结合在一起的,"困难的是,它们何以仍然能够给我们以艺术享受,而且就某些方面说还是一种规范和高不可及的范本"。这里既有孩童之天真烂漫给成人带来的愉悦,也有神话-原型批评和"陌生化"理论所揭示的某些艺术的法则。其次,文学又因为和童心联系在一起,便注定会在写实和幻想两极徘徊。换言之,童心可以戳穿"皇帝的新装";但同时童心也可以给裸露的皇帝穿上新装,而且让头上的云彩变成天使、地下的动物变成妖怪。进而言之,在特定条件下,童心之幻也即童心之真。童心说:皇帝没穿衣服;童心又说:云彩就是天使。于是,幻即是真,真即是幻。这就是童心的奇妙。某种意义上说,这也是艺术的奇妙。正因为如此,童心便不仅仅是"陌生化"的最佳载体,同时可能还是"熟悉化"的最佳载体。当然,前面说过,这个"熟悉化"好比儿童游戏,也许只是陌生化的另一张面孔。

总之,博尔赫斯从一个迷宫走向了另一个迷宫(另一个自己)。他的学生——青年胡利奥·科塔萨尔则更为直接地把忒修斯和牛头怪的关系给颠倒了。

《国王们》非但取材于弥诺斯迷宫的神话,而且发表于1949年。这显然不是什么巧合。我猜他准是受了老师博尔赫斯的影响。20世纪三四十年代,博尔赫斯一边在布宜诺斯艾利斯的大学里讲授文学,一边正构织着有关弥诺斯迷宫的鲜活故事,向学生揭示、灌输一些诸如此类是不可避免的。何况到了 40 年代后期,阿根廷社会日益被白色恐怖所笼罩,博尔赫斯等绳愆纠谬自不待言,血气方刚的科塔萨尔们口诛笔伐更是理所当然。

且说诗剧《国王们》是科塔萨尔的处女作,取材于忒修斯战胜弥诺陶洛斯的神话。在希腊神话中,弥诺陶洛斯是个人身牛头的怪物,被囚禁在迷宫里。弥诺陶洛斯以人为食,克里特岛每年要强迫雅典进贡童男童女各七名以宴怪物。为解除雅典人民的苦难,雅典王子忒修斯在克里特公主阿里阿德涅的帮助下,深入迷宫,杀死了怪物。在《国王们》中,作者反其意而用之,通过象征和对比,把弥诺陶洛斯塑造成了磨而不磷、涅而不缁、无私无畏、令人尊敬的殉道者。这个形象从一开始即因一系列的无辜和无奈而被克里特岛的独裁者命定般地视为大逆不道。出生之后,他的丑陋和反常更让弥诺斯忍无可忍。正因为如此,弥诺斯处心积虑建造了一座黑暗恐怖、没有出路的迷宫,将弥诺陶洛斯这个"异己"投入其中。然而,公主阿里阿德涅深明大义,她交给忒修斯的那个线团并非用来帮助雅典王子,而是为了拯救她那同母异父的兄弟。诗剧的结尾让人击节叹赏:黑暗并没有使弥诺陶洛斯屈服,当然也没能使他变坏。弥诺陶洛斯根本没有反抗。他的平静和善良使忒修斯大为吃惊。这样一来,所谓怪物的种种可怕都反过来成了别人强加的莫须有罪名。

同样,现实的残酷使许许多多天真善良的孩子成了弥诺陶洛斯。科塔萨尔不得不亡命海外,博尔赫斯被荒谬地任命为市场家禽稽查员,乃是不幸中的万幸。

　　至于现代欧美学界拿博尔赫斯作后现代主义的大师说来说去,则是理所当然的事情。上世纪 20 年代伊始,博尔赫斯就已是个不折不扣的叔本华式的怀疑主义者,而童年的邈远、童心的模糊又那么真切地实现了这种怀疑:真虎与梦虎、镜子与现实、迷宫与世界或者书本(文本)与读者、读者与诗人、诗人与宇宙、宇宙与书本之间的关系,乃是何等的确定与不确定。但这种确定与不确定一方面因为非常确定,而无须我等多说;另一方面因为别人已经说得太多,而多少有些令人厌烦(以至于有人说"后现代主义是个筐,什么都可以往里装")。

# IV  "否定的自由"

## ——读巴尔加斯·略萨

"自由即个人选择生活的神圣权利和既无外来压力，亦无附加条件，完全尊重个人的聪敏与智慧……也即以赛亚·伯林所说的'否定的自由'，即不受干扰的和非强制性的思想、言论和行为。寓居于这种自由思想的灵魂具有怀疑权威和否定一切滥权的深刻性"，巴尔加斯·略萨如是说。这是他在西班牙皇家语言学院和全球西班牙语国家语言学院联合纪念版《堂吉诃德》的《序言：面向 21 世纪的小说》中对塞万提斯式自由的界定。这种自由当然是理想主义式的绝对自由，迄今为止也许只有在互联网的虚拟空间中才能得到实现，尽管事实上任何虚拟又终究离不开现实利益、现实欲望的驱使。

然而，在巴尔加斯·略萨的躯体里流淌着的正是这样一种源远流长的自由主义血液。换言之，他骨子里是个自由知识分子,尽管在不同时期或因环境变化,其自由意志、自由思想的色彩有所不同。

## 萨特的追随者

且说巴尔加斯·略萨奋起于上世纪中叶,在传承批判现实主义衣钵、追随萨特"造反"的同时,以出神入化的结构艺术重新编织了拉丁美洲的历史和现实。与此同时,其个人生活虽演绎得令人眼花缭乱,但本质上却无不契合自由率性。这自由颇似陈寅恪先生所谓"独立之精神、自由之思想",但力度更强,涉意更广,盖因它在一定程度上于巴尔加斯·略萨已不仅仅是一种精神或思想,而且还是一种行为方式。首先,他与表姨(舅妈的妹妹)胡利娅和表妹帕特里西娅·略萨的婚恋令人费解,其次是与挚友马尔克斯的恩怨让人摸不着头脑,再次是刚刚还在竞选秘鲁总统却转眼加入了西班牙国籍。凡此种种,无不使人猜想他在用小说的方法结构他的人生(反之亦然)。

巴尔加斯·略萨于 1936 年生于秘鲁阿雷基帕市。和加西亚·马尔克斯的出身相仿,他的父亲也是报务员,而且家境贫寒;母亲却是世家小姐、大家闺秀。无独有偶,巴尔加斯·略萨也是在外祖父家长大的,尽管它比马尔克斯儿时的"大屋"更加体面,甚至可以说是不乏贵族气息。十岁随父母迁至首都利马,不久升入莱昂西奥·普拉多军事学校。在校期间大量阅读文学作品。1953 年,巴尔加斯·略萨违背父母的意愿,考入圣马科斯大学语言文学系,不久与胡利娅姨妈相识、相爱。这被视为大逆不道,同时也遭到了家人的极力反对。1955 年与胡利娅姨妈正式结婚,1964 年离异,翌年牵手表妹并接连有了三个孩子。大学毕业后,他的短篇小说《挑战》获法国文学刊物的征文奖并得以赴法旅行,后到西班牙,并入马德里大学攻读文学(最终于 1972 年获得博士学位,论文写的是加西亚·马尔克斯)。1959 年重游法国,在巴黎结识了胡利奥·科塔萨尔等流亡作家。同年完成短篇小说集《首领们》,获西班牙阿拉斯奖。翌年开始写作长篇小说《城市与狗》。作品于 1962 年获西班牙简明图书奖和西班牙文学评论奖。1965 年后,他的第二部长篇小说《绿房子》发表,获罗慕洛·加列戈斯拉丁美洲小说奖。从此作品累累,好评如潮。

《城市与狗》是他的成名作,写莱昂西奥·普拉多军事学校。小说把学校以及所在的城市描写成一座巨大的驯犬场,学生则是一群被驯养的警犬。他们在极其严明的、非人道的纪律的摧残下逐渐长大。这是一个暴力充斥的过程,弱肉强食,适者生存,社会达尔文主义法则像一道魔咒笼罩在每个人的头上。谁稍有不慎,就会招致灭顶之灾。小说出版后立即遭到官方舆论的贬毁。莱昂西奥·普拉多军事学校举行声势浩大的集会并当众将一千册《城市与狗》付之一炬。文学评论家路易斯·哈斯在记叙这段插曲时转述作者的话说:"两名将军发表演说,痛斥作者无中生有、大逆不道,还指控他是卖国贼和赤色分子。"

小说开门见山,把一群少不更事的同龄人置于军人专制的铁腕统治之下。在一次化学测验中,"豹子"率领一帮同学夜盗考卷作弊,被渴望请假进城的"奴隶"告发。"豹子"等受到了处罚,而"奴隶"则在一次军事演习中神秘地死去。"诗人"出于个人目的,告发"豹子"是杀人凶手。由此引发的是学员如何被逐渐洗脑的过程,以至于"诗人"最终得出结论:"在这里,你就是一名军人,无论你愿意与否。而军人的天职就是当一名好汉,有钢铁一般坚硬的睾丸。"

《绿房子》被认为是巴尔加斯·略萨的代表作,通过平行展开的几条线索叙述秘鲁内地的落后和野蛮:在印第安人集居的大森林附近,有一个小镇,叫圣玛利亚·德·聂瓦。镇上有座修道院。修女们开办了一所感化学校,以从事对土著居民的"开化"工作。每隔一段时间,她们就要在军队的帮助下,四处搜捕未成年女孩入学。这些女孩在学校里接受重新命名和教育。由于学校实行全封闭的准军事管理,孩子们根本无法与家人取得联系。几年下来,她们被培养成了"文明人",有偿或无偿送给上等人做女佣。在因此例行的搜捕行动中,小说的女主人公鲍妮法西娅被抓住并送进了这所感化学校。她在嬷嬷们的严厉管教下,学会了西班牙语和许多闻所未闻的"文明习俗"。一天,鲍妮法西娅出于同情放跑了不堪虐待的小伙伴,结果遭到了处罚,她被逐出修道院。就在她走投无路之际,一个叫聂威斯的人收留了她。聂威斯曾经是个军人,后来误入歧途,在各色社会渣滓云集的亚马孙河流域附近干起了走私的勾当。当时,那一带有个名叫伏屋的巴西籍日本人。他是个逃犯,正与当地官商堂列阿德基合伙做橡胶生意。他们频繁往来于印第安部落,低收高售,大发横财。印第安人不堪他们的重利盘剥,终于在胡姆酋长的领导下建立了直销渠道。伏屋和堂列阿德基于是勾结军队对印第安人采取了暴力行动。流血事件引起社会各界的关注。为了平息舆论,政府决定阻止橡胶走私活动并张贴告示捉拿非法商人。伏屋逃之夭夭,堂列阿德基却毫发无损。伏屋带着情妇拉丽达来到一个小岛并在那里建立起自己的独立王国。他变本加厉,勾结潘达恰和阿基里诺控制了一方水土。一天,他和情妇搭救了一名落难军人,他就是聂威斯。聂威斯很快爱上了拉丽达,而伏屋正遭受麻风病的折磨。趁着伏屋自顾不暇,聂威斯和拉丽达私奔了。他们来到圣玛利亚镇,准备生儿育女过正常人的生活。为了巴结警长并让鲍妮法西娅此身有靠,他们有意安排她与警长利杜马相识。不久,警长奉命追捕聂威斯。聂威斯接到警长故意透露的消息后准备逃跑,但最终还因动作太慢而遭到逮捕。拉丽达转眼跟了别人。此后,警长带着鲍妮法西娅回到自己的故乡皮乌拉。曾几何时,皮乌拉还是个世外桃源。自从来了堂安塞尔莫,就一切都改变了。此人仿佛自天而降,他在城郊买下一大块地皮,盖起一大幢绿色楼房。它就是皮乌拉的第一座妓院。从此以后,皮乌拉失去了安宁。城市日新月异,成了冒险家的乐园。堂安塞尔莫和受骗的盲女生下一个女孩,取名琼加。女孩长大后继承父亲的衣钵;而父亲已然身败名裂,沦为一名乐手。利杜马回到皮乌拉后继续当他的警察。一天,他应朋友何塞费诺之邀到妓院鬼混,结果酒后失言,被逼赌命。对方毙命后,利杜马锒铛入狱。何塞费诺趁机霸占了鲍妮法西娅。待玩腻后,他又一脚把鲍妮法西娅踢进了绿房子。鲍妮法西娅从此易名"森林娘子"。

《绿房子》被认为是秘鲁有史以来最重要的长篇小说之一。作品涵盖了近半个世纪的广阔的生活画面,对秘鲁社会资本主义发展的病态和畸形进行了鞭辟入里的描写。同时,由于小说采用了几条平行的叙事线索,故事情节被有意割裂、分化,从而对社会生活形成了多层次的梳理、多角度的观照。不同的线索由一条主线贯穿起来,它便是鲍妮法西娅的人生轨迹:从修道院到绿房子。

西方语言中的"绿"相当于汉语里的"黄"。显而易见,绿房子象征秘鲁社会。主人公鲍妮法西娅则是无数个坠入其间的不幸女子之一。她出生在秘鲁内地的一个印第安部落,跟许多印第安少女一样,被军队抓到修道院接受"教化",而后几经逃犯、恶霸、警察、流氓等蹂躏,最后沦落风尘。几条线索(伏屋、老鸨、逃犯、警察等)像一张巨大的蜘蛛网,在她身边平行展开。小说由一系列平行句、平行段和平行章组成,令人叹为观止。巴尔加斯·略萨因此而成为与科塔萨尔、富恩特斯齐名的结构现实主义大师。他们超越卡彭铁尔、阿斯图里亚斯等,将小说艺术推向了极致,却并不放弃源远流长的现实主义传统。是谓结构现实主义。

之后,他好作连连,相继发表了中短篇小说集《小崽子们》,长篇小说《酒吧长谈》《潘达雷昂上尉与劳军女郎》等。

《酒吧长谈》是巴尔加斯·略萨迄今为止最长的一部小说,写 1948 年~1956 年曼努埃尔·阿波利纳里奥·奥德利亚军事独裁统治期间的秘鲁社会现实。作品人物众多,结构复杂,但中心突出。它鲜明的反独裁主题使作者沉积多年的怨愤得到了宣泄。诚如巴尔加斯·略萨所说的那样:"同斗牛一样,军事独裁也是利马所特有的。我这一代的秘鲁人,在暴力政权下度过的时光,要长于在民主政权下度过的时光。我亲身经历的第一个独裁政权就是曼努埃尔·阿波利纳里奥·奥德利亚将军从 1948 年到 1956 年的独裁,在这期间,正是我这种年龄的秘鲁人从孩提到成年的时期。奥德利亚将军推翻一个阿列基帕籍的律师,这就是何塞·路易斯·布斯达曼特,他是我祖父的一个表兄弟……他只在任三个年头就被奥德利亚发动的政变推翻了。我小的时候,很钦佩这位打着蝴蝶领结,走路犹如卓别林的布斯达曼特先生,现在仍然钦佩,因为人们说他有着我国历届总统所不曾有过的怪癖:他离任时比上任时更穷;为了不给人以口实说他偏心,他对待对手宽容,而对自己人却很严厉;他极端尊重法律以致造成了政治上的自杀。"奥德利亚上台后,秘鲁恢复了野蛮的传统。他腐化堕落,使得所有政府官员都中饱私囊。为此,他们贪赃枉法,镇压异己,弄得整个社会乌烟瘴气。巴尔加斯·略萨青年时期走出的关键一步就是不顾家长的反对进入富有自由传统的圣马科斯大学。"早在军校的最后一年,我就发现了一些社会问题,当时是以一个小孩子的浪漫方法发现社会偏见和不平等的。因此,我愿意同穷人一样,希望来一次革命,给秘鲁人带来正义。"然而,在此之前,独裁者几乎捣毁了这所大学,在一次大搜捕中,军警逮捕了几十名学生,许多教授被迫流亡国外。大学勉强复课后,军警在学校掺沙子,弄得人人自危。巴尔加斯·略萨经历了这一幕。也正是在这个时候,他接受了马克思主义,继而又转向萨特的存在主义。小说中的小萨多少带有作者的影子(作者大学时代有个绰号叫"小萨特")。

小萨是作品的主人公,他的内心独白以及他和别人的对话是作品的基础。小说以他和曾经是家庭司机的安布罗修的相遇为契机,"记录"了他们在一家叫作"大教堂"的酒吧所进行的促膝长谈。整部小说就在他们的长谈中渐次展开。小萨的许多生活细节和经历都能使人联想到巴尔加斯·略萨。因此,说小说具有自传色彩并无不可。他和安布罗修的话题紧紧围绕秘鲁现实而展开,先后涉及从将军到乞丐凡六十多个人物。他们遵循适者生存的社会达尔文主义,无不把他人视作自己的敌人(萨特语)。以至于小萨最终得出了"你不叫别人倒霉,你就得自己倒霉"的结论。这与萨特的言论("他人即敌人"之类)如出一辙。小说完全把秘鲁社会描写成了现代斗兽场,其中的许多细节都能使有过类似噩梦的人感同身受。但是,总体上讲,由于几乎完全用对话敷衍开来,《酒吧长谈》多少显得有些冗长和散漫。也许正因为如此,小说并未达到《绿房子》和《城市与狗》的高度。

1973年的长篇小说《潘达雷昂上尉与劳军女郎》仍然把矛头指向军人政权。小说在一种带有明显闹剧色彩的气氛中展开:驻扎林莽的士兵经常骚扰和强暴当地妇女,这引起了朝野的广泛关注。为了杜绝此类事件再度发生,国防部突发奇想,派遣潘达雷昂·潘托哈上尉组建一支劳军安慰部队开赴大森林。部队由一群花枝招展的风尘女子组成。潘达雷昂接受任务后尽心尽责、一丝不苟,把此项工作看成是为国效劳的神圣使命:"为担此重任,我做到了鞠躬尽瘁。"但劳军部队还是满足不了需要,电话、电报应接不暇:

> "他妈的,搞什么吗?! 都三星期了,连一个劳军支队也没到博尔哈来!"彼德·卡萨旺吉上校暴跳如雷,拽着电话筒大喊大叫,"你让我的人等死了,潘托哈上尉,我要去上级那儿告你!"

> "我要求派一个支队过来,而你却只给我送来了两个样品,"马克西莫·达维拉上校愤怒地咬着小手指上的指甲,吐了一口唾沫,"你想想,一百三十个士兵、十八个单位,光两个劳军女郎能搞个屁啊?!"

## 博尔赫斯的赞美者

巴尔加斯·略萨随着拉丁美洲"文学爆炸"的声浪走向了

世界,并于上世纪 70 年代末登陆我国,和加西亚·马尔克斯、富恩特斯、科塔萨尔等拉美"文学爆炸"时期的主将及老博尔赫斯等一并影响了中国文坛。但是,时移世易,后现代思潮以其极端的自由主义和虚无主义倾向迅速改变了急于"走向世界""与世界接轨"的大多数中国作家的取向,略萨等一班"传统"作家被逐渐疏离,并迅速"作古"。人们言必称"后"。于是,绝对的相对性取代了相对的绝对性。于是,众声喧哗,莫衷一是。随着互联网的普及,这一趋势更是有增无减。

诚然,巴尔加斯·略萨的浓重的载道色彩和介入情怀的背后其实一直涌动着自由主义的潜流。正因为如此,早在上世纪 70 年代中后期他便以特殊的方式追踪并且诠释了后现代主义。在这一转向过程中,他发表了一系列长篇小说《胡利娅姨妈与作家》《世界末日之战》《狂人玛伊塔》《谁是杀人犯》《继母颂》《利图马在安第斯山》《情爱笔记》。

也是无巧不成书,他于 70 年代中期因不可究诘的原因同加西亚·马尔克斯闹翻(一说是因为后者与巴尔加斯·略萨的前妻有染,另说是他们在如何对待古巴等敏感问题上产生了分歧),以至于大打出手。政治上则日益表现出相对右倾的自由知识分子姿态。创作上则"小我"比重陡增。到了 80 年代,他甚至五体投地地推崇起博尔赫斯来。他说:"当我还是个大学生的时候,曾经狂热地阅读萨特的作品,由衷地相信他断言作家应对时代和社会有所承诺的论点。诸如,'话语即行动',写作也是对历史采取行动,等等。现在是 1987 年,类似的想法可能令人觉得天真或者感到厌倦——因为我们对文学的功能和历史本身正经历着一场怀疑的风暴——但是在 50 年代,世界有可能变得越来越好,文学应该对此有所贡献的想法,曾经让我们许多人认为是有说服力的和令人振奋的。""对我来说,博尔赫斯堪称以化学的纯粹方式代表着萨特早已教导我要仇恨的全部东西:他是一个躲进书本和幻想天地里逃避世界和现实的艺术家;他是一个傲视政治、历史和现实的作家,他甚至公开怀疑现实,嘲笑一切非文学的东西;他是个不仅讽刺左派的教条和乌托邦思想,而且把自己嘲弄传统观念的想法实行到一个极端的知识分子……""但可以完全肯定地说,博尔赫斯的出现是现代西班牙语文学中最重要的事情,他是当代最值得纪念的艺术家之一。"

这种转变并不意味着背叛,而是一种自由选择,尽管客观上显得有些匪夷所思。明证之一是他的从政企图,而且为此组建右派政党,并使出了浑身解数:与藤森等人周旋了整整两年,结果却以败北告终。更令常人难理解的是,1989 年他竞选秘鲁总统败北后,竟不顾舆论压力锂而选择了定居西班牙并最终于 1993 年加入西班牙国籍(尽管同时保留秘鲁国籍)。作为对他的文学成就和政治选择的回报,西班牙把 1995 年的塞万提斯奖授予了他。

与此同时,他的创作内容和审美取向发生了明显的改变。一方面,他虽然继续沿着一贯的思路揭露秘鲁及拉丁美洲社会的黑暗,但力度有所减弱;另一方面,情爱、性爱和个人生活那个被压抑的"小我"开始突现并占有了相当重要的位置。正是在这个时候,巴尔加斯·略萨潜心写作他和前妻胡利娅姨妈的故事《胡利娅姨妈与作家》。作品由两大部分组成,彼此缺乏必然的联系。一部分是作者与姨妈胡利娅的爱情纠葛,另一部分写广播小说家加马丘。花开两朵,各表一枝。二者分别以奇数章和偶数章交叉进行。奇数部分充满了自传色彩,从人物巴尔加斯·略萨与舅妈之妹胡利娅姨妈从相识到相知直至相爱结婚说起,讲述了一个非常现代,甚至颇有些不按常理出牌的爱情故事。小说发表后立即引起了巨大的反响,首先是胡利娅姨妈对许多细节表示否定并愤然抛出了《作家与胡利娅姨妈》(1983),揭露他在婚期间即红杏出墙,与表妹媾和;其次是一些读者对巴尔加斯·略萨这种完全交出自己和前妻隐私权的做法不以为然。

《世界末日之战》的出版标志着巴尔加斯·略萨开始放弃当前的社会现实而转向了历史题材。小说写 19 世纪末处在"世界末端"的巴西腹地的一场"世界末日"大战。著名作家库尼亚曾以此为题材创作了传世的《腹地》。巴尔加斯·略萨的选择具有明显的解构意图:展示卡奴杜斯牧民起义的多重意义。但小说的新历史主义精神并未达到预期的效果,相当一部分读者对作者的"炒冷饭"做法不能理解。

好在以后的两部作品又奇怪地回到了秘鲁现实。其中《狂人玛伊塔》写无政府主义者玛伊塔的革命,写得很是得心应手;《谁是杀人犯》写军事独裁期间发生在空军某部的一起乱伦谋杀案。但紧接着巴尔加斯·略萨又令人大惑不解地推出了两部性心理小说:《继母颂》和《情爱笔记》。两部小说堪称姐妹篇。前者写为人继子的少年阿尔丰索千方百计拆散父亲和继母的故事:小阿尔丰索对继母怀恨在心,无论她如何谨小慎微、百般讨好,都未能改变他莫名的仇恨。为了达到目的,他人小鬼大,不择手段,以至于将计就计,利用继母的取悦心理,酝酿了一个狠毒的阴谋。他装出天真烂漫的样子骗取继母信任,然后得寸进尺,从拥抱到亲吻直至占有她的肉体。阴谋得逞后,他假借作文向父亲透露秘情,气得后者暴跳如雷,当即将妻子赶出家门。《情爱笔记》依然从阿尔丰索的角度叙述他与继母的关系。父亲赶走继母以后,小家伙的心理活动发生了巨大的变化。他逐渐发现自己在蓄意伤害继母的过程中,实际上已经慢慢地爱上了她。这种剪不断理还乱的矛盾关系在这后一部小说中以十分巧妙的形式敷衍开来:一面尽力消释父亲的"误解",一面模仿父亲的笔迹和口吻写下"情爱笔记"。它们以信件的形式由小家伙亲自送到继母手中。最后,继母被继子的真情所感动,重新回到了有两个男人爱着的家。这两部小说堪称他"后现代时期"的代表作,引发了不少争议。有读者甚至攻击巴尔加斯·略萨写这些"有伤风化"的作品是一种"堕落"。盖因小说假借孩子模仿父亲笔迹大肆描写色情,讲述"空巢"期间的想入非非。于是,父子俩相思和想象并举,嫉妒和性欲同在,且皆为同一个女人。老子首先想到(记录)的是妻子由于青睐一个动物爱好者最终不免与猫们发生关系,继而还可能跟她的女佣上床，跟一名海盗在狂欢晚会上做爱，跟一个在事故中废掉的摩托车手嬉闹，跟一位法学权威厮混，甚至跟某大使夫人幽会，跟墨西哥妓女苟且……倘非主人公"我"始终身临其境，读者很容易误以为这些描写不是正在发生，便是既成事实。然而，这些想象令女主人公兴奋不已。而"我"则借以自慰。

虽然巴尔加斯·略萨广征博引，以期从美学的高度重构性爱文学，并对《花花公子》之类通俗刊物大加贬斥，但总体上这两部小说仍是指向形而下的下半身写作，尽管作者"形而上"地用"想象"取代了"行动"，如此而已。

如是，上世纪八九十年代，巴尔加斯·略萨在后现代思潮的裹挟下"淡化"了意识形态和社会批判色彩，与年轻时代所信奉的介入理论渐行渐远，以至于 90 年代一头扎进"小我"而不能自拔。好在跨国资本主义迅速扯下了"经济全球化"的朦胧面纱。巴尔加斯·略萨也很快调整了姿态，遂于世纪之交回到了富有现实意义的宏大叙事。这也正是巴尔加斯·略萨在获悉得奖时传递的重要信息：在拉丁美洲，文学与政治很难分家。在其他发展中国家又何尝不是如此？

## 拉美文学传统的延续者

进入新世纪后，他明显回归，推出了一部又一部现实主义力作——《公羊的节日》（又译《元首的幽会》）、《天堂的另一个

街角》和《坏女孩的恶作剧》(又译《坏女孩的淘气经》)等。前者
是一部反独裁小说,延续了拉丁美洲文学的介入传统。《天堂
的另一个街角》书写了画家高更及其外祖母特里丝坦的故事,
高更寻找人间天堂的方式是逃避现实,而他的那位来自秘鲁的
外祖母则以入世(女权运动和社会改良)提供了探寻"天堂"的
不同路径。之后的《坏女孩的恶作剧》则以一个无心伤人却又
害之的"坏女孩"的"造反"经历为线,虽然保持了作者上世纪八
九十年代的某些创作元素,但通过女主人公所关涉的一系列的
重大社会政治事件如"革命输出""光辉道路"等彰显了某种社
会关怀。而她所谓的"智利女孩"身份也颇使人联想到作者的
早期创作,如《小崽子》等。新作《凯尔特人的梦》和《英雄审慎》
是两部风格迥异的小说。前者写爱尔兰独立运动先驱罗杰·
凯斯门特,其追求自由之心益发鲜明。后者又把我们带回到了
他熟识的秘鲁,是一部直面社会矛盾的力作。这才是他,幽伏
含讥,并写多面,且最终证明他仍是从"小我"出发指点江山、宣
达理想的自由知识分子。他的其他作品有剧本《塔克纳小姐》
《凯蒂与河马》《琼卡姑娘》《阳台狂人》《奥德赛与佩涅洛佩》和
《一千零一夜》,文学评论集(或专著)《加夫列尔·加西亚·马
尔克斯:弑神者的历史》(博士论文)、《永远的纵欲:福楼拜和
〈包法利夫人〉》《顶风破浪》《谎言中的真实》《挑战自由》《致青
年小说家的信》《激情的语言》《不可能性的诱惑:关于雨果的
〈悲惨世界〉》,以及小说《叙说者》和自传体小说《水中游鱼》等。

从某种意义上说,巴尔加斯·略萨于上世纪 70 年代中后

期至 90 年代中后期的转向与西方后现代主义和新自由主义思潮的蔓延以及跨国资本主义的全球扩张当不无关系。由于"意识形态的淡化"（也即另一种意识形态的强化），极端的个人主义和自由主义思想推动了相对主义的泛滥，而所谓的文化多元化实际上只不过是跨国资本主义一元化的表象而已。不是吗？社会主义阵营瓦解了，民族主义被解构了，跨国资本也便畅行无阻、所向披靡。而跨国资本主义也只有在众声喧哗、莫衷一是的狂欢氛围里才如鱼得水。发展中国家被无奈地卷入"全球化"浪潮，内忧外患，可谓进退两难。因此，无论瑞典文学院意欲何为，无论巴尔加斯·略萨如何"自由"，他向着"大我"的"浪子回头"当可令一味地"向下""向小"的第三世界作家深长思之。

作为自由知识分子，巴尔加斯·略萨当深谙自由主义在现代社会变革中所发挥的巨大功用：它甫一降世便以摧枯拉朽之势颠覆了欧洲的封建制度，扫荡了西方的封建残余。但它同时也为资本主义保驾护航，并终使个人主义和拜物教所向披靡，技术主义和文化相对论甚嚣尘上。

然而，巴尔加斯·略萨又有话说，"守护传统，乃君子之道"。

## 略萨的中国行

2011 年 6 月，应中国社会科学院外国文学研究所、中国人民大学文学院等单位的邀请，秘鲁-西班牙作家巴尔加斯·略

萨偕妻子帕特里西娅和长子阿尔瓦罗访问中国。一行三人先
到上海,在上海与中国同行、出版人等会晤后,于 6 月 16 日抵
达北京。在京期间,他们除参加 17 日在中国社会科学院举办
的演讲会和高峰论坛外,再未安排其他正式活动。中国作家莫
言、阎连科、刘震云、张抗抗、徐小斌等参加了论坛。也就是说,
自 16 日至 21 日离京,巴尔加斯·略萨及其妻儿有整三天的时
间可以会晤同行、译者,浏览北京胜景。当然,因为拥有秘鲁-
西班牙双重国籍,他免不了被上述两国使领馆和塞万提斯学院
奉为上宾。18 日下午,在参加了塞万提斯学院的一个庆祝活动
后,我亲自驾车,陪他们一家三口去故宫参观。老友王亚民先
生接待了我们。这次例行的参观没啥可说的,无非是叹为观
止。我想告诉读者的是,巴尔加斯·略萨童心未泯,在前往故
宫的路上突发奇想,想顺便到北京最繁华的地方去兜一圈。我
几乎不假思索地想到了 CBD(中央商务区),盖王府井无法行
车,长安街他又比较熟识(因为下榻在北京饭店)。于是我们走
马观花,从朝阳门桥掉头,经东二环至三元桥右拐,然后直奔东
三环,再由国贸进入长安街。一路上,他老人家欢呼雀跃,用手
指指点点,就像当初布恩迪亚家发现马孔多一样。

"瞧,这儿太漂亮啦! ……"

我想他是由衷的,因为前一天我和劳马、阎连科等和他共
进午餐时,他忽然宣布要让他的长孙女来华学中文,请劳马答
应收留。劳马欣然同意了他的请求。如果说这一个插曲已由
媒体广而告之,那么前一插曲却是首次披露,或可证明大作家

竟也会孩子似的激动。

　　说到激动,我不由得联想起他与加西亚·马尔克斯的恩怨是非。有关情况媒体和研究界说来说去,莫衷一是。几年前,研究家伊兰·斯塔文思在林建法、史国强等友人的陪同下到访外文所。对这位斯塔文思我早有耳闻,因此一见如故。巧合的是,他走过的学术之路与我这二十几年的所作所为惊人地相似。我们不谋而合,年轻时热衷于加西亚·马尔克斯和博尔赫斯,并不约而同地视他们为当代拉丁美洲文学的两极,而后我们又"同时"转向了塞万提斯。所谓同时是当然相对的,我痴长几岁,因此多少比他早出道几年,只是条件和能力所限,成果不及他多。另一点值得一提的是,我们以各自的方式,但几乎以同样的力度关注和介入本国文学。绕了一个巴尔加斯·略萨看 CBD 似的大圈,我想说的是,斯塔文思经过多年探赜索隐,终于揭开了马尔克斯 VS 略萨的那场拉美文坛"德比之战"。略萨小老马九岁,1975 年才三十九岁,依然血气方刚,那天又恰好多喝了几杯,狭路相逢,分外眼红,二话没说冲着老马的左眼就是一拳。老马正待还手,说时迟那时快,周遭人等早就横亘在他俩之间了。斯塔文思说他的《马尔克斯传 2》将披露两人公开反目的因由——她既不是先前普遍推测的胡利娅姨妈,亦非帕特里西娅,更非马妻梅塞德斯,而是另有其人——他们共同喜爱的一位姑娘。那么此人是谁呢? 我们期待《马尔克斯传 2》的问世。话又说回来,除了争风吃醋,70 年代中期的文学和政治转向其实已经使这对莫逆之交渐行渐远。

# V "寻根"与魔幻现实主义

## ——读莫言

　　莫言的这个诺贝尔文学奖,几可谓是国人盼星星、盼月亮盼来的。这期盼中既有"走向世界",争取了解和被了解的急切,也有不甘寂寞和底气不足、价值标准阙如等诸多原因与复杂情感。然而,当金灿灿的奖章伴随着西方文人与媒体的嘈杂声果真"哐啷"一下落在莫言手上时,人们的复杂情感比之前更复杂了,甚至可以说是旧魅未祛新魅又增。作为业内学人,我以为自己有责任尽可能客观、公允地谈谈莫言及他的创作,当然尤其是他的创作。

　　我第一次见到莫言应该是在上世纪 80 年代。三十年过去了,弹指一挥间,如梦甫醒,初次见面的情景已然淡忘,唯有他敦实的模样和淳朴的笑容仍在眼前,而且它们一仍其旧,仿佛莫言从来就没有陌生和年轻过。我想,所有了解他、熟识他的人大抵会有一个共识，除了在亲友面前更加憨态可掬，他给人的印象始终可以浓缩为：长得不那么帅，可不失为堂堂的山东汉子；穿得不算讲究，却称得上干净利落；话并不多，但总是大方得体、幽默睿智；反应虽快，然内敛得有点大智若讷。至于他的创作，则远非三言两语可以涵括。

最简便的方法也许是从瑞典文学院的授奖理由说起。2012 年 10 月 11 日，诺贝尔文学奖评委会常任秘书彼得·英格伦先后用瑞典语和英语宣布莫言获奖并认为他"with hallucinatory realism merges folk tales, history and the contemporary"。虽然"hallucinatory realism"并非严格意义上的"magic realism"，但有的媒体还是不由分说地将它译成了"魔幻现实主义"，谓莫言"通过魔幻现实主义将民间故事、历史与当下融为一体"。当然，瑞典文学院也特别提到了莫言与加西亚·马尔克斯的关系。那么，我就由此入手，说说莫言及他与魔幻现实主义，乃至世界文学的关系。鉴于话题太大，我这里实实地只能点到为止。

## 一种美丽的神交

众所周知，魔幻现实主义是上世纪 80 年代进入我国读者视野的，尤其是随着加西亚·马尔克斯在坊间的流传，我们也便有了属于自己的解读和变体。"寻根文学"无疑是其中最具代表性的一支。而"寻根"这个词，最早可以追溯到上世纪二三十年代。适值"宇宙主义"和"土著主义"在拉美文坛斗得你死我活。宇宙主义者认为拉丁美洲的特点是它的多元。这种多元性决定了它来者不拒的宇宙主义精神。反之,土著主义者批评宇宙主义是掩盖阶级矛盾的神话,认为宇宙主义充其量只能是有关人口构成的一种说法,并不能解释拉丁美洲错综复杂的社会现实及由此衍生的诸多问题。在土著主义者看来,宇宙主义理论包含着很大的欺骗性,盖它拥抱的无非是占统治地位的西方文化,而拉丁美洲的根恰恰是被西方文化所阉割、遮蔽的印第安文明。这颇能使人联想起同时期我国文坛的某些争鸣。世界主义者恨不得直接照搬西方文化,甚至不乏极端者梦想扫除国学、抛弃汉字;而国学派,尤其是其中的极端者则食古不化、抱"体"不放。从某种意义上说,两者的胶着状态至今未见分晓。前卫作家始终把走向世界、与世界接轨的希望寄托在赶超与借鉴,而乡土作家却认为最土的也是最民族的,最民族的就是最世界的。而"寻根"这个概念正是上世纪二三十年代由拉美土著主义者率先提出的,它经现代主义(形形色色的先锋思潮)和印第安文化(其大部分重要文献于 30 年代及之后陆续浮出水面)及黑人文化的洗礼,终于催生了魔幻现实主义。然而,翻检我国介绍这个流派的文字,跃入眼帘的大多是"幻想加现实"之类的无厘头说法,或者"拉丁美洲现实本身即魔幻"云云。诸如此类不着边际的说法如丈二和尚摸不着头脑。哪有不是幻想加现实的文学?谁说拉丁美洲现实本身即魔幻(或神奇)呢?加西亚·马尔克斯倒是说过,"拉丁美洲的神奇能使最不轻信的人叹为观止";故而他坚信自己是现实主义作家,而不是所谓魔幻现实主义代表。问题是:作家的话能全信吗?

我兜了这么一个圈子无非是想从根本上说明,莫言是如何理解《百年孤独》和魔幻现实主义的。一句话:他在《百年孤独》和拉美魔幻现实主义作品中看到了"集体无意识"。它沉积于民族无意识中,回荡着原始的声音。用阿斯图里亚斯的话说,它是我们的"第三现实"或现实的"第三范畴"。

而卡彭铁尔则从另一个角度肯定了这一点,即加勒比人的"神奇现实",谓"不是堂吉诃德就无法进入魔法师的世界"。他们所说的"第三现实"或"神奇现实"恰恰就是布留尔、荣格和列维-斯特劳斯不遗余力阐发的"集体无意识"或"原始经验遗迹"。而原型批评理论家们的高明之处在于发现这些"集体无意识"或"原始经验遗迹"不仅仅生存于原始人中间,它还普遍生成或复归于文学当中。然而,拉美魔幻现实主义和莫言的伟大在于揭示了各自从出的生活奥秘,即"集体无意识"或"原始经验遗迹"在现实生活中的奇异表征,以及这些表征所依着的社会历史文化环境或语境。正是在相似,且又不同的生活和语阈之中,莫言与加西亚·马尔克斯完成了美丽的神交。

在我的印象当中,莫言从来没有明确地提到过这一点("集体无意识"),但他悟到了,而且神出鬼没、持之以恒地将它"占为己有",甚至踵事增华,最终令人高山仰止地缔造了魔幻的或者幻觉般的"高密东北乡"。当然,他并未一蹴而就。在《红高粱家族》中,他所表现的还只是生活的野性。祖辈的秘方也透着恶作剧般的巧合或艺术夸张。但是,"集体无意识"在莫言的艺术世界中慢慢孕育,直至生长并发散为《丰乳肥臀》教堂边的浮土:"上官吕氏把簸箕里的尘土倒在揭了席、卷了草的土炕上,忧心忡忡地扫了一眼手扶着炕沿儿低声呻吟的儿媳上官鲁氏。她伸出双手,把尘土摊平,轻声对儿媳说:'上去吧。'"就这样,上官鲁氏开始独自生她的第八个孩子,因为婆婆要去照拂驴子:"它是初生头养,我得去照应着。"之后是可想而知的女人的痛苦。同样,在以后的作品中,莫言一发而不可收。譬如,《生死疲劳》用了佛教六道轮回的意象,而《蛙》则明显指向了农耕文明根深蒂固的信仰:"先生,我们那地方,曾有一个古老的风气,生下孩子,好以身体部位和人体器官命名。譬如陈鼻、赵眼、吴大肠、孙肩……"类似风俗大抵不同程度地存在于中华大地,譬如叫男孩狗呀猫啊,或者草啊木的,用莫言的话说,"大约是那种以为'贱名者长生'的心理使然"。

从另一个角度看,中华文明本质上是农业文明。几千年的小农经济使中华民族历来崇尚"男耕女织""自力更生"。由此,相对稳定的"桃花源"式自足自给被绝大多数人当作理想境界。正因为如此,世界上找不到第二个民族像我们这样依恋故土的(柏杨语)。而依恋乡土者必定追求安定、不尚冒险,由此形成的安稳、和平的性格使中华民族大大有别于游牧民族和域外商人。反观我们的文学,最撩人心弦、动人心魄的莫过于思乡之作。"昔我往矣,杨柳依依;今我来思,雨雪霏霏"(《诗经》);"露从今夜白,月是故乡明"(杜甫);"举头望明月,低头思故乡"(李白）；"春风又绿江南岸,明月何时照我还?"（王安石）,等等。如是,从《诗经》开始,乡思乡愁连绵数千年而不绝,其精美程度无与伦比。当然,我们的传统不仅限于此,经史子集和儒释道,仁义礼智信和温良恭俭让等等都是中华传统文化的组成部分。而且,这里既有六经注我,也有我注六经;既有入乎其内,也有出乎其外,三言两语断不能涵括。然而,从最基本的社会基础看,小农经济,人人明哲保身,对左邻右舍也就渐渐地淡却了族裔意识。这样的人民,唯有在群体性造反或革命的名义下才能革命或盲动。是谓"团沙效应"。而盲动的结果就是焚书坑儒,就是文字狱,就是改朝换代,就是重建庙宇、再塑金身（当然,只要条件允许,不仅是中国,其他民族如德意志等,也会盲动,也会疯狂……）。这是莫言之所以表面洋洒,实则沉痛（甚至冷酷和深刻）的原因所在:现实基础。

于是,马孔多的加西亚·马尔克斯和约克纳帕塔法的福克纳在此殊途同归（莫言语）。正因为如此,我认为莫言与魔幻现实主义的关系不是简单的模仿和被模仿,而是一种美丽的神交:一种艺术的心领神会,它无须言表,甚至难以言表,盖它或许是不理智的冲动、潜意识的接受,一如加西亚·马尔克斯与阿斯图里亚斯或鲁尔福等师长前辈的关系（否则他就不会一再否认他与魔幻现实主义的关系,也不会一而再再而三地声称神奇即拉丁美洲现实的基本特性）。他们无须从理性或学理层面上言说"集体无意识"。我们更没有理由要求他们成为理论家。

## 滋生于泥土、扎根于泥土

然而,必须强调的是全世界少有作家像莫言这一拨中国作家那么谦逊好学的。他们饕餮般的阅读量足以让多数专业外国文学研究者感到汗颜。这是后发的幸运,也是后发的无奈。但正所谓取精用宏,披沙拣金,莫言们并非没有自己的取舍和好恶。简而言之,概而言之,莫言是优秀中国作家的代表之一。从世界文学的角度看,他有无数可圈可点的闪光之处。谓予不信,我姑且罗列一二。

首先需要说明的是,世界文学浩如烟海,没有人可以穷尽它。我只能管窥蠡测,取其一斑一粟。因此,大处着眼、小处说事、谨慎入手是必须的。从大处看,我以为世界文学的规律之一是由高向低,一路沉降,即形而上形态逐渐被形而下倾向所取代。倘以古代文学和当代写作所构成的鲜明反差为极点,神话自不必说,东西方史诗也无不传达出天人合一或神人共存的特点,其显著倾向便是先民对神、天、道的想象和尊崇;然而,随着人类自身的发展,尤其是在人本取代神本之后,人性的解放以不可逆转的速度使文学完成了自上而下、由高向低的垂直降落。如今,世界文学普遍显示出形而下特征,以至于物主义和身体写作愈演愈烈。以法国新小说为代表的纯物主义和以当代中国"美女作家"为代表的下半身指涉无疑是这方面的显证。前者有罗伯-葛里耶等新小说作家的作品为证,后者则涉人无数：不仅卫慧、棉棉们乐此不疲，就连一些曾经的先锋作家也纷纷急转直下，是谓下现实主义。这在上世纪五六十年代的西方"嬉皮士文学"或拉美"波段小说"中便颇见其端倪了。而今，除了早已熟识的麦田里的塞林格，我们又多了一个"荒野侦探"波拉尼奥。与此同时，文学完成了由外而内的巨大转向。关于这一点，现代主义时期的各种讨论已经说得很多。众所周知，外部描写几乎是古典文学的一个共性。亚里士多德在《诗学》中明确指出，动作（行为）作为情节的主要载体，是诗的核心所在。恩格斯关于批判现实主义的论述，也是以典型环境为基础的。但是，随着文学的内倾，外部描写（包括情节或人物行为等要素）逐渐被内心独白所取代，而意识流的盛行可谓世界文学由外而内的一个明证。与此关联，文学人物由崇高到渺小，即从神至巨人至英雄豪杰到凡人乃至宵小的"弱化"或"矮化"。神话对于诸神和创世的想象见证了初民对宇宙万物的敬畏。古希腊悲剧也主要是对英雄传说时代的怀想。文艺复兴运动以降，虽然个人主义开始抬头，但文学并没有立刻放弃载道传统。只是到了 20 世纪，尤其是在现代主义和后现代主义时期，个人主义和主观主义才开始大行其道。而眼下的跨国资本主义又分明加剧了这一趋势。于是，宏大叙事变成了自说自话，文学人物的活动半径也由相对宏阔的世界走向相对狭隘的空间。如果说古代神话是以宇宙为对象的，那么如今的文学对象可以说基本上是指向个人的，其空间愈来愈狭隘。昆德拉就曾在《受到诋毁的塞万提斯遗产》中指出，"堂吉诃德启程前往一个在他面前敞开着的世界……最早的欧洲小说讲的都是一些穿越世界的旅行,而这个世界似乎是无限的"。但是,"在巴尔扎克那里,遥远的视野消失了……再往下,对爱玛·包法利来说,视野更加狭窄……"而"面对着法庭的 K,面对着城堡的 K,又能做什么"。或许正因为如此,卡夫卡想到了奥维德及其经典的变形与背反。

莫言的小说见证了某种顽强的抵抗。譬如他对传统的关注、对大我的拥抱、对内外两面的重视,等等,貌似"以不变应万变",而骨子里或潜意识中却不失为是一种持守,一种既向前又向后的追寻。从小处说,莫言是"寻根派"中唯一不离不弃、矢志不渝的"扎根派"。但这并不是说他在重复自己。恰恰相反,"举一反三式传道士的秘诀"(博尔赫斯语),每一个作家本质上都在写同一本书,一本被莫言称为标志性的大书,它或许已经完成(可能是最初的《红高粱家族》,也可能是《天堂蒜薹之歌》《酒国》《丰乳肥臀》《檀香刑》《生死疲劳》或《蛙》),或许它还有待完成,再或许所有已竟和未竟的就是他同一本书的不同侧面。同时,莫言在中国农村这个最大的温床或谓载体中,看到了我们的传统或国民性的某些深层内容。而且,他表现这种传统和国民性的方式,颇有几分鲁迅的风范,某些方面甚至有过之而无不及,尽管他所取法的主要是群体形象:大写的农民。反之,我们见证了世界文学由大我到小我的演变过程。无论是古希腊时期的崇高庄严说或情感教育还是我国古代的文以载道说,都使文学肩负起了某种集体的、民族的、世界的道义。印度史诗和荷马史诗则从不同的角度宣达了东西方先民的外化的大我。但是，随着人本主义的确立，及至19世纪自由主义的确立，世界文学逐渐放弃了大我，转而致力于表现小我，致使小我主义愈演愈烈，尤以当今文学为甚。

其次，马悦然说莫言很会讲故事。他说得在理。但我们必须厘清两个问题。第一个问题比较简单，也容易说清，即莫言的故事无论内容、形式，都不是传统意义上的，至少不是古典小说、传统演义，甚至与一般意义上的民间传说也相去甚远。说穿了，莫言的创作并不以人物性格的展示与演变、人们的审美与心智为轴心。第二个问题比较复杂，牵涉到前面所说的文学大背景。用最简要的话说，故事或谓情节在世界文学史上呈现出由高走低的态势，而主题则恰好相反。说到故事（在此权且把它当作情节的同义词），今人想到的也许首先是古典小说，然后是通俗文学，是金庸们的一唱三叹或者琼瑶们的缠绵悱恻，甚至那些廉价地博取观众眼泪的新武侠、新言情、新奇幻、新穿越之类的类型小说或电视连续剧。曾几何时，人们甚至普遍不屑于谈论故事，而热衷于观念和技巧。一方面，文学在形形色色的观念（有时甚至是赤裸裸的意识形态或反意识形态的意识形态）的驱使下愈来愈理论、愈来愈抽象、愈来愈"哲学"。卡夫卡、贝克特、博尔赫斯也许是这方面的代表人物。另一方面，技巧被提到了至高无上的位置。从乔伊斯的《尤利西斯》到科塔萨尔的《跳房子》，西方小说基本上把可能的技巧玩了个遍。俄国形式主义、美国新批评、法国叙事学和铺天盖地的符号学与其说是应运而生的,毋宁说是推波助澜的。于是,热衷于观念的几乎把小说变成了玄学。借袁可嘉先生的话说,那便是(现代派)片面的深刻性和深刻的片面性。玩弄技巧的则拼命地炫技,几乎把小说变成了江湖艺人的把式。于是,人们对情节讳莫如深;于是,观念主义和形式主义相辅而行,横扫一切,仿佛小说的关键只不过是观念和形式的"新""奇""怪"。而存在主义、社会主义现实主义和"高大全主义"则无疑也是观念的产物、主题先行的产物,它们可以说是随着观念和先行的主题走向了极端,即自觉地使文学与其他上层建筑联姻(至少消解了哲学和文学、政治和文学的界限)。从某种意义上说,20世纪批评的繁荣和各种"后"理论的自说自话进一步推演了这种潮流,尽管是在解构和相对(用绝对的相对主义取代相对的绝对主义)的旗幡下进行的。但莫言不拘于时尚,他始终没有放弃故事情节。时尚会速朽,但我们既不能无视时尚,又必须有所持守。而莫言的处理堪称典范。

再次,莫言的想象力在同代中国乃至世界作家中堪称典范。他的想象来自生活之根,从红高粱家族,到丰乳母亲,到酒国同胞,到历史梦魇,到猴子或蛙(娃),活生生的中国历史文化和父老乡亲和粪土泥巴得到了艺术的概括和擢升。没有生活的磨砺和驾驭生活的艺术天分是很难对如此神速变迁和纷繁复杂进行如此举重若轻的艺术概括和提炼的。且不说他的长篇小说,就以中篇《师傅越来越幽默》为例,从劳模到下岗工人再到个体户的变化,如果没有想象力和掖着尴尬、透着无奈的幽默以及辛辣做介质或佐料，必然清汤寡水、流于平庸。

此外，欧洲、美洲、大洋洲及亚洲邻国都曾经历或正在经历奈斯比特、托夫勒等人所说的第二次、第三次浪潮。欧洲的工业化（城市化）过程在流浪汉小说至现代主义作家的笔下慢慢流淌，以至于马尔克斯以极其保守乃至悲观的笔触宣告了人类末日的来临。当然，那是一种极端的表现。但我始终认为中国需要伟大的作家对我们的农村做史诗般的描摹、概括和美学探究，盖因农村才是中华民族赖以衍生的土壤，盖因我们刚刚都还是农民，况且我们半数以上的同胞至今仍是农民，更况且这方养育我们以及我们伟大文明的土地正面临不可逆转的城市化、现代化进程的冲击。眨眼之间，我们已经失去了"家书抵万金""逢人说故乡"的情愫，而且必将失去"月是故乡明"的感情归属和"叶落归根"的终极皈依。问题是，西风浩荡，且人人都有追求现代化的权力。让印第安人或摩梭人或卡拉人安于现状是"文明人"站着说话不腰疼。但反过来看，从东到西，"文明人""文明地"又何尝不是唏嘘一片、哀鸿遍野。端的是彼何以堪，此何以堪；情何以堪，理何以堪？！这难道不是人性最大的乖谬、人类最大的悖论？！

莫言对此心知肚明。他的作品几乎都滋生于泥土、扎根于泥土（尽管他并非不了解城市、并非不书写城市，而且可以说正因为他有了城市的视角，有了足够的距离，他描写起乡土来才愈来愈入木三分）。"寻根"本是面对世界和本土、现代与传统的一种策略或意识。但丰俭由人、取舍在己。而莫言显然代表了诸多重情重义、孜孜求索、奋发雄起的中国作家,就像他获奖前夕所表达的那样:"看一江春水,鸥翔鹭起;盼千帆竞发,破浪乘风。"

## 莫言的五根软肋

最后,莫言获奖,咱高兴归高兴,但话要说回来:莫言不是唯一优秀的中国作家,诺贝尔文学奖更不是文学的唯一标准。有关莫言获奖的因由(文学的、非文学的)大家已经说得很多。现在该回到批评,平心静气地讨论文学了(尽管文学很难,甚至根本无法与"非文学"截然割裂,二者如影随形)。这对莫言也许已经毫无意义,盖瑞典文学院认可的就是黑格尔美学所说的他"这一个"莫言。当然,以我对他算不得深,也算不得浅的了解,莫言自己会迅速将诺贝尔奖搁置一旁,他还会继续耕作,为我们写出不同,甚至更好的作品。无论如何,严肃、优秀的批评一定不是有意摆在作家面前的绊脚石。它有时会显得刺眼、碍事,甚至导致凉水浇背、良药苦口的短暂愤慨,但从长远的眼光看,它必定是作家偶用,甚至不可或缺的另一副眼镜,尤其对未来文学及批评本身的健美与发展当不无裨益。因此,指摘挑剔或谓求全责备也许难以避免。再则,虽说诺贝尔奖不是文学的唯一标准,但世人的关注也便使莫言更具有范例的意义和解剖的必要了。然而,时间关系及篇幅所限,有关问题这里只能点到为止,且容日后有机会时渐次展开。即便如此,我亦当谨慎入手，以期抛砖引玉，以免酷评之嫌；老实说，批评既不能总是你好我好大家好，也不能动辄牤牛二似的寻衅闹事、泼妇似的撕破脸皮。况且，被我指为"软肋"的方面，在别人看来也许是优点亦未可知。这就是文学的奇妙，更是经典作家的奇妙之所在。

在此，我不妨先列举一二，以供探讨或善意批评和反批评的生发。

第一根"软肋"：缺乏节制。譬如想象力，其蓬勃程度于莫言可谓"成也萧何，败也萧何"。这当然是极而言之。正所谓彼亦一是非，此亦一是非，凡事都有两面性，甚至多面性。显然，想象乃文学之魂，没有想象力的文学犹如鸡肋，甚至比鸡肋还要无趣，还要清寒。但莫言常使其想象力信马由缰，奔腾决堤，《酒国》中的"红烧婴儿"是其中比较极端的例子。反过来说，缺乏想象力是中国当代文学的顽疾之一（虽然尤其是文学，但不止于文学，或可说当下中华民族在各个领域中都或多或少存在着想象力阙如的现象），但像莫言这样如喷似涌、一泻千里的想象力喷薄是否恰当、是否矫枉过正，则容后细说。

第二根"软肋"：审丑倾向。写丑、写脏、写暴力、写残忍、写不堪在莫言是常事。当然，我们也可以说现实如此、人性如此。但我们身边并不缺美，美无处不在。莫言也不回避美，只不过他的笔更像外科医生的手术刀，锋利得很，而且锋芒似乎永远向着脓疮毒瘤，且把审美展示和雕琢的活计留给了别人。于是，残酷得令人毛骨悚然、不敢视听的"檀香刑"被淋淋漓漓地写了出来。同时还有诸多刑罚,譬如"阎王闩":小虫子(《檀香刑》人物之一)"那两只会说话的、能把大闺女小媳妇的魂勾走的眼睛,从'阎王闩'的洞眼里缓缓地鼓凸出来。黑的,白的,还渗出一丝丝红的。越鼓越大,如鸡蛋慢慢地从母鸡腔里往外钻,钻,钻……扑哧一声,紧接着又是扑哧一声,小虫子的两个眼珠子,就悬挂在'阎王闩'上了"。至于凌迟执行者的"艺术"无意识更可谓无所不用其极。我曾对故友柏杨说起过有心编译本中国刑罚或体罚(这与前面说到的民族性不无关系)名释之类的书,他说这是个极好的课题,对我们自我反省、自我探究都大有裨益。但我除了在一些同行学人中不断提到此事,却始终鼓不起勇气来,毕竟是自我揭短,毕竟是自我揭丑。但莫言做到了,他自然是以他的方式。可见他的勇气有多大、心魄有多强!反正我只有惊诧的份。

第三根"软肋":过于直捷。曾有读者(甚至著名作家、学者)抱怨曹雪芹太啰唆,说委实受不了他写林黛玉的那个腻腻歪歪、哼哼唧唧,甚至干脆就曰不喜欢《红楼梦》。莫言则不同,他的叙事酣畅淋漓,且直截了当得几乎没有过门儿。无论写人写事,还是写情写性,那语言、那想象简直就像脱缰的野马,有去无回,用莫言的话说是"笔飞起来了"。这一飞不要紧,一些带有明显自然主义色彩的描写也便倾泻而出,它们甚至不乏粗粝之嫌。但反过来说,这种粗粝也许正是莫言有意保持的,与他所描写的题材或对象相辅相成。譬如《檀香刑》的檀香刑细节描写,再譬如《丰乳肥臀》中生产(无论是女人还是母驴)或

111

"雪公子"的催奶十八摸（金庸有著名的"降龙十八掌"）的夸张铺陈，等等。以上几根"软肋"相辅相成，构成了莫言小说的汪洋恣肆，也是它们得以彪炳于世的重要元素。正因为这些元素，莫言的作品总能给人以极强的心灵震撼和感官刺激。说看了他的作品吃不下饭是轻的。

第四根"软肋"：蝌蚪现象。蝌蚪现象是权宜之谓，盖评判莫言的作品显然不能用浅尝辄止、虎头蛇尾之类的成语。所谓蝌蚪者，身大尾小，用它来比附莫言的创作，完全是权宜之计。蝌蚪现象甚至不能用来涵盖莫言的多数作品。它只是偶发现象，且并不否认莫言作品的深刻性、完整性。比如《蛙》，它就是十分深刻、完整的一部作品，人流师"姑姑"的"恶毒灵魂"最终被她的那些充满象征意味的小泥人所部分地救赎，这甚至非非地让人联想到遥远的女娲，尽管是在反讽意义上。莫言以这种势不可挡的想象力深入人性底部及他对人，尤其是无知同胞和父老乡亲的终极关怀。而"蛙"与"娃"与"娲"的谐音串联（至少我是这么联想的），更使小泥人的意象具备了"远古的共鸣"。但是，《蛙》于三分之二处打住，效果可能会更好。现在却多少有点像"蝌蚪"，尾巴上还缀着沉重的戏。或许这也是莫言有意为之，否则叙述者怎么叫蝌蚪呢？开个玩笑罢。而这个玩笑使我记起了莫言的一番感慨，谓《百年孤独》的后两章使"老马露出了马脚"。同时，正如前面所说，莫言蓬勃飞翔的想象力和磅礴狂放的叙述波有时也会淹没或遮蔽他作为好学者、思想者的深度以及影影绰绰的人物光辉、性格力量，譬如《生死疲劳》中六道轮回的意象并没有像我等苛刻读者所苛求的那样,带出信仰(包括宗教,哪怕是理性层面上的宗教)在半个世纪中由于中国政治和不乏狂欢色彩的特殊历史变迁所造成的跌宕沉浮(想想我们曾经的封建迷信,再回眸那些不堪的"革命",现如今且看缭绕的香火),罔论与之匹配的某些"集体无意识"映像或镜像;再譬如西门闹因为不断轮回投胎,难免夺人眼球,从而难免使这一人物性格支离破碎。

再就是第五根"软肋",或谓原始生命力崇拜。关于最后这一点,我在评论加西亚·马尔克斯时也曾多次提及。

如此等等,容当细说;孰是孰非,也有待探讨。

总之,所谓"软肋"只不过是吹毛求疵,唯愿这种善意的吹毛求疵有助于读者更好地理解莫言,有助于中国文学及其批评的健康发展,有助于公允、平常地了解诺贝尔文学奖,有助于伟大的作家作品展示其发散性阅读空间的可能性。这就是说,我们不能不把文学奖项当回事,但也不要太把它当回事了。至于文学,说"众人皆醉我独醒",有时恰恰说明了"我"不醒;何况文学之繁复,经典之多维,犹如生活之多彩,人性之复杂,绝对成岭成峰,见仁见智,立场、方法、角度不同而已。

由是,我常拿文学(自然包括批评)有一比:如果人类社会历史是长河,那么文学及其周遭人等充其量是其中的弄潮儿。他们可以在河边走马观花看风景,也可以泛舟河上倾听两岸鸟语猿声,更可以借河为镜去欣赏或挑剔自己的倒影,甚或潜入河底捕鱼捉蟹捞贝壳,再甚或劈波斩浪逆水而动,甚至疏浚和改造河道（使之朝着有利于某些理想、意志或利益奔腾）。这是大处着眼，也许莫言属于逆流而动或疏浚河道者。而我本人只不过是被河水冲拥到河边替人修茶壶补碗的。这活计颇为背时，却实实地费力不讨好。年长一点的读者都知道我所说的修茶壶补碗是个啥活计、啥营生。由于样板戏《红灯记》曾经广为传播，我上下几代人对"磨剪子抢菜刀"的吆喝记忆犹新，而且重要的是这个营生至今没有绝迹。问题是，"修茶壶补碗"已经绝迹，而且绝迹多时矣。别说八〇后、九〇后，即使六〇后、七〇后怕也很少有人听到过这个悠久绵长的吆喝声呢。但我是看着这个营生销声匿迹的。对它的疑惑，大概是和拆卸癖等好奇心结伴而生的。"修茶壶补碗"确是我儿时的最大疑惑之一，尽管"没有金刚钻，不揽瓷器活"早被搬进了成语大词典，而且迄今犹有人在使用。且说修茶壶补碗的艺人或匠人挑着货郎担走街串巷，那吆喝声似乎还在耳廓回响。我奶奶或哪位邻家奶奶打开门窗，将他或他们请下，然后各自搬出渗漏的茶壶和一堆破碗片，然后的然后是锱铢必较的讨价还价。这过程挺严肃，但价格确定后双方立即笑逐颜开。奶奶甚或左右开弓，像款待客人似的为工匠炒几个小菜、温一壶老酒。而工匠或工匠们则片刻不停地唧唧噜噜、叮叮当当，开始修茶壶补碗。当时，甚至后来每每想起，总觉得修茶壶尚可理喻，而补碗却着实让人费解。一只碗其实贵不过几个钱，何必如此修修补补煞费工夫？工匠先将一块块碎片拼排一番，而后画上标记，再用钻子唧唧噜噜地在标记上打出针眼似的小孔，最后钉上铜钉，并用稀释的缸沙嵌满所有缝隙。这个过程极需眼力和耐心，当然金刚钻也是必不可少的，否则怎么在碗片上钻孔？总之，在我的记忆中，补一只碗和买一只碗差不了几钱，但奶奶或奶奶们和工匠都十分认真地成为共谋。当时还不晓得"无用之用"或"鸡肋"之类的说法，但我心里确实对此颇多存疑。唯一让我感动的是工匠们的手艺。用不多久，他或他们一准将摔成十片的破碗"还原"成满身铜钉的玩意儿。现在倘若得到这样一只老碗，即使它不是明清文物，恐怕也是令人叹为观止的艺术品了，完全可以供在书柜上供人瞻仰。如今，儿时的好奇消散了，但疑惑并未完全消弭。奇怪的是，我当时居然没有好好问一问奶奶或邻家奶奶们：为什么要花几可与新碗比肩的价钱去修补那些劳什子呢。也许是因为某种念想，也许传统如是。然而，这也许变成了永远的也许。回到我的营生，甚至还有整个儿的文学，在那些喜新厌旧、热衷于现代化的人眼里，也许毫无意义。往早里说是"无用之用"（庄子、王国维和鲁迅等前辈大宿都有此类说法）；往好里说则充其量是一行当：在摔成十八瓣的人类社会、世道人心这只破碗上卖力地钻孔，并努力钉上理想主义的铜钉铁钉，再拿心血当缸沙和黏合剂在难以弥合的缝隙上无谓地，却不能不设身处地、推人及己、由此及彼、由表及里地琢磨着、拼连着、弥合着，直到终老。

# Ⅵ 带血带泪的乡土挽歌

——读贾平凹《带灯》

## 一卷行将消失的图景

《带灯》是一部写给未来的小说。首先,它展现的是一卷令人心酸且行将消失的图景:一个管辖着数十村寨的大镇在一天天失去传统,人们像断线的风筝随风飘荡。问题是,"不识庐山真面目,只缘身在此山中",我们的"在场"使我们对这一现实视而不见。

高速公路没有修进秦岭,秦岭混沌着,云遮雾罩。高速公路修进秦岭了,华阳坪那个小金窑就迅速地长,长成大矿区。大矿区现在热闹得很,有十万人,每日里仍还有劳力和资金往那里潮。这年代人都发了疯似的要富裕，这年代是开发的年代。

这是《带灯》的开场白，它所对应的真实早被当作"司空见惯浑闲事"而被我们熟视无睹了。可见我们的"在场"是必须加引号的。唯有贾平凹的在场才是真正的在场！

于是，《带灯》让我想到了《飘》。

和《飘》一样，从某种意义上说，《带灯》也是一部"保守"的小说。它不仅看到了开发年代的另一张面孔：它的疯狂，它的贪婪，而且看到了这疯狂和贪婪正在背弃的传统。更为重要的是这两者都不仅是短暂的、偶然的、间或的，而且是十分理性的、义无反顾的、一往无前的。此外，《飘》的背后是战争带来的离乡背井，而《带灯》蕴含的是民工潮。

众所周知，文明笼统说来是在与本能和欲望的斗争中逐渐形成并不断前进的，但作为它的精神旗帜，理性恰恰不仅是抑欲的，它同时也可能使欲望的船儿扬帆，甚至配备上核动力、核武器。用老子的话说，这叫作"彼亦一是非，此亦一是非"。然而，贾氏作品最重要的一点，或许恰恰就是我们"在场"中人最易忽略的乡情。说到乡情，或许读者诸公想到的首先是"家书抵万金"之类的古诗文、古心情。

遗憾的是，此乡情非彼乡情。何也？且容我慢慢道来。

先说贾平凹的《带灯》和他之前的《秦腔》及《高兴》构成了

一个奇妙的"三部曲"。这当然不是一般二般意义上的"三部曲"。他的这个"三部曲"是共时性的,它们共同见证了传统意义上的乡土或故乡正在快速淡出我们的生活,其现实干预精神和理性叙事色彩都是贾氏以往作品所不能企及的。

比如,中华民族及其民族认同感多半建立在乡土乡情之上。这显然与几千年来中华民族的文化发展方式有关。但是,《带灯》《秦腔》和《高兴》记下了令人绝望的一幕。它们同《商州》《浮躁》《高老庄》等作品一脉相承,但主题更鲜明,内容更集中。"樱镇……除了松云寺外,竟然还有驿站的记载"。虽然寺庙早已毁坏,但见证它曾经辉煌的老松树还残存着。此外,樱镇"曾是秦岭里三大驿站之一,接待过皇帝,也寄宿过历代文人骚客,其中就有王维、苏东坡"。而现如今呢,"街面上除了公家的一些单位外,做什么行当的店铺都有。每天早上,家家店铺的人端水洒地,然后了抱了笤帚打扫,就有三五伙的男女拿着红绸带子,由东往西并排走,狗也跟着走……"但这样的恬静被迅速打破了,盖"大工厂的基建速度非常快,工地上一天一个样……"而镇上的农民因为土地等问题不断上访。这是《带灯》所铺陈的主要内容,也是其同名人物得以成就的基础。而《秦腔》或可谓《带灯》的前奏。《秦腔》赖以展示的情景同样是一个小镇,或者小镇上的一条叫作清风的街。"清风街是州河边上最出名的老街"。街上还有戏楼,楼上有三个字:秦镜楼。"戏楼东挨着魁星阁,鎏金的圆顶是已经坏了,但翘檐和阁窗还完整。"在过去的多少年间,这里的人们日出而作,日落而卧,民风醇厚,秦腔铿锵。但时移世易,转眼间青壮外流,秦腔式微,空留下一条老街和一群遗老遗少,就连为街坊邻居办丧事都凑不齐吹唱和抬棺的人了。《高兴》的故事虽然发生在西安的一个城中村里,但主人公刘高兴却是来自清风镇的"农民工"。如此,小说与《秦腔》和《带灯》构成了巧妙的呼应,从而反观了农村的变迁、乡土的消逝。

至于这三部小说叙事策略上的有机关联,则容后再说。

再比如,随着现代化一日千里,传统意义上的乡土情怀、古道热肠正在与我们的生活渐行渐远,麦当劳和肯德基,或者还有怪兽和僵尸、哈利波特和变形金刚正在成为全球孩童的共同记忆。年轻一代的价值观和审美取向正在令人绝望地全球趋同。四海为家、全球一村的感觉正在向我们逼近;城市一体化、乡村空心化趋势不可逆转。

这不由得让我想起鲁尔福笔下的万户萧疏,想起了马尔克斯的童年记忆是如何褪色发黄枯萎成老弱病残和满眼萧瑟的。正所谓"春江水暖鸭先知",与美国毗邻的拉丁美洲作家的敏感和抵抗令人感佩。如今,他们的持守和担忧正以别样的方式在我国文坛大现端倪。

我始终认为中国需要伟大的作家对我们的农村做史诗般的描摹、概括和美学探究。老实说,除了《艳阳天》和《金光大道》等"革命浪漫主义"小说,传统意义上的农村——这个中华民族赖以衍生的摇篮,还远未得到文人骚客的正视和描摹。然而,它却正在离我们远去,而且将一去不返矣。然而的然而是,我们刚刚都还是农民,况且我们近半数人口至今仍是农民,至少是农村户口。可是转瞬之间,这方养育我们以及我们伟大文明的土地正面临不可逆转的城市化、现代化进程的消解。

俗话说:"跑掉的鱼大,死了的娃好。"一如自然界候鸟对故土的感情,人类诸多史诗般的迁徙所留下的魂牵梦绕,也常常源自无尽的乡思乡愁。总之,《带灯》《秦腔》和《高兴》从不同的角度道出了我们的悲哀,这种悲哀必将在不远的将来演化成绝唱。它将超越"力拔山兮气盖世"(《垓下歌》)的奈若何,因为那毕竟只是个人的悲剧;也将超越"曾歔欷余郁邑兮,哀朕时之不当"(《离骚》)的怆怆然,因为那毕竟只是中华民族局部的、暂时的悲剧。贾平凹给出的,则或将是中华民族告别千年传统的一曲绝唱。盖因延续了几千年的农业文明一夜之间被工业文明,甚至后工业文明所取代。而这个过程,西方用了几百年才完成。

和《飘》不同,《带灯》不是一部"好看"的小说。《飘》犹如《离骚》,充其量是美国局部(说穿了是南方)传统的消失。是的,《飘》以美国南北战争为背景,它跌宕起伏的情节皆因战事所导致的悲欢离合一蹴而就、顺理成章。它的"保守"则具有明显的政治倾向:叹惋一去不返的南方传统。问题是,郝思嘉的爱情故事遮蔽了作品关于南方传统的绝唱。《带灯》则不同,它喟叹的是中华民族的传统——我们的乡土正以某种加速度只往不复地离我们远去。而改革何尝不是一场战争?它规模空前，没有人能置身事外。但不改革也是死路一条。这就是我们面临的两难选择，也是我们的最大悲剧。当然，悲剧不仅仅是我们的，它也是全人类的。用我们古人的话说，"城门失火，殃及池鱼""覆巢之下，安有完卵"。远的不说，与西方现代化结伴而生的就不仅仅是财富，还有一次比一次深重的灾难。

回到贾平凹，我的问题是：如果说阳光下没有新鲜事物，那么事物如生活、爱情等何以长写不尽？如果说阳光下充满了新鲜事物，那么文学何以万变不离其宗？阳光下无论有无新鲜事物，都只是相对而言。这颇似文学经典的异同。一方面，文学经典是有共性的，但它们往往又彼此不同、各有千秋。一切文学原理学和一切严格意义上的文学史都在探寻它们的异同，但又每每纠结于它们与生活的变迁以及生活本质的异同难分难解。当然这并不是说文学除了对应生活，别无他法。文学有一定的自我发展规律，也即所谓的"内规律"。但较之生活本身对于文学的影响而言，它的作用微乎其微。

所罗门说过，"你要看，而且要看见"。我们却不然。对于周遭现实，我们常常视而不见，听而不闻，或者有眼无心，有耳无情，且人如其面，面面不同。同样的现实，我们甚至可能对之闭目塞听。贾平凹的高度在于他不仅看了，而且看见了，甚至写到了。三部小说都有后记，而这些后记都见证了作家的良知，而这良知不仅来自浓浓的乡情，也同样来自比乡情更为深广的艺术直觉。贾平凹是极少数可以不时地与农民同吃同宿的作家之一。当下，在场是他最大的财富，也是他最大苦闷。

在《秦腔》后记中贾平凹说："我站在老街上,老街几乎要废弃了,门面板有的还在,有的全然腐烂,从塌了一角的檐头到门框脑上亮亮地挂了蛛网,蜘蛛是长腿花纹的大蜘蛛,形象丑陋,使你立即想到那是魔鬼的变种。街面上生满了草,没有老鼠,黑蚊子一抬脚就轰轰响,那间曾经是商店的门面屋前,石砌的台阶上有蛇蜕一半在石缝里一半吊着。张家的老五,当年的劳模,常年披着褂子当村干部的,现在脑中风了,流着哈喇子走过来……"

《高兴》后记最长,记录了小说从动因到人物、素材、构思等一系列过程。但最重要的依然是贾平凹的那一份设身处地的情怀:"如果我不是一九七二年以工农兵上大学那个偶然的机会进了城,我肯定也是农民,到了五十多岁了,也肯定来拾垃圾,那又会是怎么个形状呢? 这样的情绪,使我为这些离开了土地在城市里的贫困、卑微、寂寞和受到的种种歧视而痛心着哀叹着,一种压抑的东西始终在左右我的笔。我常常是把一章写好了又撕去,撕去了再写,写了再撕,想为什么中国会出现打工的这么一个阶层呢,这是国家在改革过程中的无奈之举,权宜之计还是长远的战略政策,这个阶层谁来组织谁来管理,他们能被城市接纳融合吗? 进城打工真的就能使农民富裕吗? 没有了劳动力的农村又如何建设呢? 城市与乡村是逐渐一体化呢还是更加拉大了人群的贫富差距? 我不是政府决策人,不懂得治国之道,也不是经济学家有指导社会之术,但作为一个作家,虽也明白写作不能滞止于就事论事,可我无法摆脱一种生来俱有的忧患,使作品写得苦涩沉重。"

贾平凹为《带灯》所作的后记更为明晰地印证了我的感觉:贾平凹的文字放浪不羁,但他的内心却孤寂惆怅。"几十年的习惯了,只要没有重要的会,家事又走得开,我就会邀二三朋友去农村跑动,说不清的一种牵挂,是那里的人,还是那里的山水?"贾平凹如是说。同时他又说:"我的心情不好。可以说社会基层有太多的问题,就如书中的带灯所说,它像陈年的蜘蛛网,动哪儿都落灰尘。这些问题不是各级组织不知道,都知道,都在努力解决,可有些能解决了有些无法解决,有些无法解决了就学猫刨土掩屎,或者见怪不怪,熟视无睹,自己把自己眼睛闭上了什么都没有发生吧,结果一边解决着一边又大量积压,体制的问题,道德的问题,法制的问题,信仰的问题,政治生态问题和环境生态问题……"

但是,这些问题归根结底是现代化的问题,是人类何去何从的问题。贾平凹在进行史诗般的记叙;这需要艺术洞识力或艺术无意识,其史诗般的悲壮只有在我们彻底丧失千年乡土或故乡之际才会千百倍地凸现出来。总说历史的车轮滚滚向前,又有几个能在如此快速行进的车厢里看清逝去或即将逝去的景物呢?

顺便提一句,和贾平凹的许多小说一样,在我看来《废都》也曾是一部写给未来的小说。曾几何时,它是多么哗众取宠、令人费解。至少它没有让我感动,更谈不上喜欢。因为,除了它与《金瓶梅》的隔空对话,我想象不出它从出的生活原型。然而，放在今天，放在世纪之交（曾几何时满大街的洗发屋和一座座城池中的红灯街令我等不敢涉足），再想想那些落马"老虎"、被拍"苍蝇"，它却是那么真实。爱情被爱性所消解，其丑态在带灯式柏拉图主义面前显得尤为不美。确实，《废都》具有某些自然主义的不美。善意地看，那是因为萌芽中的实际不美、现象不美，而萌动于人们体内的自由精神及其被压抑了几千年的性欲却是如此强烈，以至于流于动物本能的强烈欲望和不美在某些地方、某些群体中演化成了常态。而小说中的唯一大美或许就是那些多少有些不经意的调侃性省略，它们像画中留白，或可使道学家视之谓大淫、经学家视之谓无极、美学家视之谓不雅、后学家视之谓"互文"（也即与《金瓶梅》、与历史、与社会、与庄之蝶的讽刺性对应，甚至"大音希声""大象无形"的返祖性后文化哲学）。

## 一盏黑暗中的明灯

西方人文学者在一定程度上形成了共识，谓古典主义替过去写作，现实主义替今天写作，浪漫主义替未来写作。诚然，主义都是相对的，说××作家作品是××主义则常有削足适履之嫌。同时，针对某种主义，人们往往也是见仁见智、因人而异、因时而易的。譬如，在批判现实主义被定为一尊之前，司汤达就认为浪漫主义是为今人服务的艺术，"这种文学作品符合当前人民的习惯和信仰，所以它们能给予人民最大的愉快"。而今，人们却常拿浪漫主义与理想主义相提并论。如是，说贾氏作品指向未来，并富于理想主义情怀，也许未必有人相信。鉴于前面已经说到贾氏作品的未来指向，那么接下来就说说他的理想主义吧。其实，二者一而二、二而一，相辅相成。然而，贾平凹是如何对未来事物进行有根据的合理想象或希望的呢？

《现代汉语词典》对"理想"的界定是："对未来事物的想象或希望（多指有根据的、合理的，跟空想、幻想不同）。"贾平凹正是用理想主义为理想主义唱响了挽歌。此话乍听像悖论。为释诡辩之嫌，我不妨简而言之：

## 带灯作为审美理想

首先，带灯作为同名小说的主人公，长得十分漂亮。虽然作者并未像传统浪漫主义写手那样直接描绘带灯的美丽，却间接地，抑或假借人物之口不断提醒读者，她是个绝色美人儿。"接待她的是办公室主任白仁宝……说，你太漂亮"。她的房间"先安排在东排平房的南头第三个，大院的厕所又在东南墙角，所有的男职工去厕所经过她门口了就扭头往里看一眼，从厕所出来又经过她门口了就又扭头往里看一眼"。那么，这样一个美人儿与未来事物有根据的合理想象关系安在？自然在于她的靓丽和高洁与这一方已然浑浊昏暗的水土格格不入，她不属于这个世界、这个时代。她虽然每天都看《新闻联播》和《天气预报》，却患有夜游症，而且夜游时能与"捉鬼"的疯子飞檐走壁。她爱吹令人心碎的埙。她对镇书记总是敬而远之。她以她的清高与书记的粗鄙适成反差（"他是一上车就睡，睡着了就放屁，但从不让开车窗"）。她的存在每每被棘手难堪的环境所反衬。她写给元天亮（其象征意义不言自明）的信体现了她毫不与时俱进的孤芳自赏和柏拉图式的精神之恋。且不说这镇上人人都长虱子（带灯的助理竹子就此想起了《红楼梦》中柳湘莲指贾府只有门口的那对石狮子是干净的，而樱镇则只有她俩没长虱子），有关人等还好一口红炖胎盘之类。带灯见状，只顾一个劲儿地"胃里翻腾，喉咙里咯儿咯儿地响"。至于那些上访者的上访因由和言行，简直是五花八门，根本不是带灯可以理解和调停的。小说的主要内容和篇幅便是带灯（及其领导的维稳办干事竹子）与各色上访者的周旋。

其次，反过来看，带灯并不古板。恰恰相反，她是樱镇最时尚的女性，代表了樱镇的"发展方向"。从到任的第一天起，她便发誓既不靠色相，也不靠变成男人婆获得"进步"。她在镇政府安顿住下后，"偏收拾打扮一番，还穿上高跟鞋，在院子的水泥地上噔噔噔地走"。镇长对她施行潜规则，她毫不含糊地警告他说："你如果年纪大了，仕途上没指望了，你想怎么胡来都行。你还年轻，好不容易是镇长了，若政治上还想进步，那你就管好你！"对于她那个俗气而又不肯洗澡的丈夫，她的精辟在于遵循"好丈夫标准是觉得没有丈夫"。同时，她把希望寄托在遥不可及，也压根儿不想触及的元天亮身上。她将信中的元天亮比作神，将自己比作庙，说"你是我在城里的神，我是你在山里的庙"。这很美，但她并没有见他的欲望。她那是在自说自话，她需要自说自话,因为她知道"当一块砖铺在厕所里了它被脏水浸泡臭脚踩踏,而被贴上灶台了,却就经主妇擦拭得光洁锃亮。砖的使用由得了砖吗"。当然,她这是极而言之,若与孟夷纯加在一起,那么她写给元天亮的便是中国版的"一个陌生女人的来信"。

## 带灯像西叙福斯

在希腊神话中,西叙福斯(又译"西西弗斯")骗过死神塔纳托斯,故而没有按时进入黑暗的冥国,后来虽然进了冥国,却想方设法逃避向冥王哈得斯献祭,结果被判将滚石推上陡峭的高山。然而,每当他用尽全力,眼看就要将巨石推到山顶时功亏一篑,石头滑脱,滚下山来。这样周而复始,了无休止。带灯的工作也是如此:明知不可为而为之。社会转型和城镇化进程所催生的各种矛盾和利益纠葛在樱镇滋生、发酵,调解、阻止,再滋生、再发酵,没完没了。而她"又能解决什么呢,手里只有风油精,头疼了抹一点,脚疼了也抹一点"(《带灯·后记》)。

贾平凹对她及如她者的看法是:"他们地位低下,工资微薄,喝恶水,坐萝卜,受气挨骂,但他们也慢慢地扭曲了,弄虚作假,巴结上司,极力要跳出乡镇,由科级升迁副处,或到县城去寻个轻省岗位,而下乡到村寨了,却能喝酒,能吃鸡,张口骂人,脾气暴戾。所以,我才觉得带灯可敬可亲……"(《带灯·后记》)

### 理想的否定之否定

然而,带灯终究是个文学人物,也正因为如此,她才那么漂亮,那么不同凡响。因此,我以为她只能属于未来,属于理想。与《废都》《白夜》中的女性不同,带灯不仅外表美丽,而且颇具性格魅力,或许只有《秦腔》中的白雪和《高兴》中的孟夷纯堪与媲美。然而,白雪对于男主人公"我"而言只是个遥不可及的存在,而孟夷纯的妓女身份又多少限制了她成为贾平凹理想主义的审美典范。尽管后者沦落风尘乃事出有因,甚而被迫无奈,但作者并未给予这个人物以足够的戏份。况且类似风尘女子古来流传良多;西方小说中也大有其人,雨果的芳汀和托尔斯泰的玛斯洛娃均堪称经典。读者早将同情和怜悯分给了芳汀、玛斯洛娃们。孟夷纯充其量是男主人公性格塑造过程中灌下的一味猛药。

带灯则不然。首先,她是小说的唯一主人公。她的名字颇具有象征意义。带灯原名萤,因"萤虫生腐草"之虞而易名带灯,取黑暗中自明之意。她的美丽与超拔同脏乱和下旋的环境形成了强烈的反差。然而,贾平凹的人物并未如浪漫主义那样被描写成极善极恶之人。他们不会好,好得令人神摇意夺、捶胸顿足不能自已;也不会坏,坏得让人咬牙切齿、欲灭之而后快。带灯的理想光环几乎似萤火虫般幽暗。她偶尔也会吵架骂人抽烟喝酒,会"移情别恋",甚至还终于在内衣中发现了两个虮子,从此也便有了虱子。贾平凹心知肚明,一切抽象的"善"与"恶"都是毫无意义的。说人性本善,可以列举无数佐证；同样，说人性本恶，也可以有 N 种指向性善论的反证。人性如是，既有社会性，也有动物的基本根性。贾平凹的高度就在于他回避在特定语境之外先入为主地评判世界及其人物。就说带灯对元天亮的一厢情愿，与其说是爱情，毋宁谓之自语。她在黑暗中萤火虫似的（她原名萤）把自己顽强地照亮，完全是一种众人皆醉我独醒、出污泥而不染的自傲与自爱。元天亮则远非浪漫主义小说中的白马王子。他是带灯的道具，故而对带灯的表白既没有反应，也没有任何因因而果。

其次，《带灯》的叙事方法使带灯的形象难以，至少难以在当下这样一个风生水起、风起云涌的浮躁的阅读环境里闪光。盖因阵阵风过，卷起的往往是尘埃，金子却极易被埋没。

但带灯是金子，因此她属于未来，属于风过之后。诚如一切优秀的文学作品都具有预言的功能，带灯是这个狂躁时代的局外人，她像个孩子，可以整天整天地看蚂蚁搬家，其中的象征意味也是不言而喻的。"蚂蚁总是匆匆忙忙出来，出来都运着土，进去都叼着米粒、馍屑、草籽或高高地举着一些草叶。蚂蚁和人一样为了生计在劳作着"。但带灯不明白的是，蚂蚁窝前常有一层死去的蚂蚁，"是这个蚂蚁窝的蚂蚁抵抗了另一个蚂蚁窝来的入侵者吗，还是同一个蚂蚁窝里的蚂蚁内讧了，争斗得你死我活"。原型批评家弗莱说过，现代世界是狂奔逐猎的世界，"总有什么在催逼着你往前赶，越来越快，越来越快，致使你最终感到绝望。这种心态，我称之为进步的异化"。但带灯天真归天真，她同时又是一个高尚的人，一个脱离了低级趣味的人,一个有益于人民的人。于是,贾平凹在小说尾声中这样写道:"顿时成群成阵的萤火虫上下飞舞,明灭不已。看着这些萤火虫,一只一只并不那么光明,但成千的成万的十几万几十万的萤火虫在一起,场面十分壮观,甚至令人震撼……带灯用双手去捉一只萤火虫,捉到了似乎萤火虫在掌心里整个手都亮透了,再一展手放去,夜里就有了一盏小小的灯忽高忽下地飞,飞过芦苇,飞过蒲草,往高空去了,光亮越来越小,像一颗遥远的微弱的星……就在这时,那只萤火虫又飞来落在了带灯的头上,同时飞来的萤火虫越来越多,全落在带灯的头上,肩上,衣服上。竹子看着,带灯如佛一样,全身都放了晕光。"

然而,贾平凹终究不是传统意义上的浪漫主义作家,他对带灯的怀想是有节制的,否则人物也将很不可信;而且小说基本采取了平行叙述,人物性格的形成主要依靠内心独白(尤其是她给心仪男人的信)及层出不穷的共时性事件和其他人物的发散性观照。情节(尤其是故事)所需的历时性被尽量消解。这是在有限篇幅中容纳众多素材的必然之举,也是不得已而为之,其机巧与《病相报告》如出一辙,尽管叙述更直捷、细节更铺张。其直捷可比《二十年目睹之怪现状》;时有细节毕现,则较之《红楼梦》毫不逊色。同时,《带灯》的叙事策略既有意疏虞了情节,又似乎不屑于在观念和技巧上下功夫。它之所以如此这般,一方面是因为铺陈细节的需要:以便生生地留下目睹之现状;另一方面又何尝不是对现代主义小说的反讽,尽管结果是拔起萝卜带出泥,不仅有现代主义(用形式主义掩盖)的抽象性、共时性①,而且一不小心踩到了后现代主义漫不经心的碎片。换言之,这里既有无意识的间性,也有针对第一次→第二次→第三次浪潮(或前现代→现代→后现代)线性思维、线性逻辑的有意突围。因而作品的平行叙事策略既意味着整合,也兼有突破,甚至自我突破。由是,贾平凹的形式也是有意味的,尽管他曾明确否定"有意义的形式"。"《秦腔》《古炉》是那一种写法,《带灯》我却不想再那样写了,《带灯》是不适那种写法,我也得变变,不能在一棵树上吊死。那怎么写呢? ……几十年以来,我喜欢着明清以至三十年代的文学语言,它清新、灵动、疏淡、幽默、有韵致。我模仿着,借鉴着,后来似乎也有些像模像样了。而到了这般年纪,心性变了,却兴趣了中国西汉时期那种史的文章和风格,它没有那么的灵动和蕴藉、委婉和华丽,但它沉而不糜,厚而简约,用意直白,下笔肯定,以真准震撼,以尖锐敲击"。(《带灯》后记)

文风的变化与然否是另一个话题,容当另议。但我这里关心的是简约直白、肯定真准后面的几可谓共时性的反史诗性悲剧。而带灯所代表的好儿女的无望无如也并未使她成为悲剧人物,真正的悲剧人物是故乡,是乡土,同时也是作者,是读者,是我们面对千年乡土文化一朝消失的茫然怅然与悲悯绝望。而带灯在努力照亮自己的同时见证了这一不可逆转的历史性

---

① 南帆在概括前现代、现代与后现代交织的国情时说:"在南方的富庶与北方的干涸之间,在都市的繁华与乡村的贫瘠之间,在信息高速公路、电脑网络和镰刀、锄头之间,人们很难找到一个可以通约的公分母。"——《五种形象》。

悲剧。在这个历史性悲剧面前,带灯又算得了什么? 她(或谓她的原型,如果真有其人的话)替作者替读者看了,而且看见了。从这个意义上说,贾平凹并不指望将她塑造成千古不朽的人物。她既不是索福克勒斯或恩格斯或叔本华或鲁迅眼里的悲剧人物,亦非传统意义上的典型性格。她的光彩甚至远不及刘高兴。她的性格塑造缺乏相应的故事情节(或谓史诗性叙述)的渲染与推演。

## 一曲带血带泪带疼的挽歌

当然,贾平凹并不缺乏讲故事的才能,但故事,甚至情节与生活细节两权相衡,他牺牲了前者(其中的是非得失值得讨论,而贾氏作品所铺陈的细节是否尚可提炼可擢升则另当别论)。张引生为白雪自我阉割,刘高兴为信义欲携尸还乡,等等,均不乏夸张,也不失为夺人眼球的设计。前者有白雪若即若离的映衬,后者有孟夷纯和五富等人物关系构成的相对丰腴的故事情节,尽管很大程度那依然只是贾平凹的虚晃一枪而已。他笔锋一转,真正的着力点仍指向了铺陈人物或人物群体的生活细节。《带灯》是自始至终的平铺直叙,连虚晃一枪都免了。唯一的悬念元天亮也因为有往无来而渐渐黯淡了。为说明取舍,贾平凹在《带灯》后记中这样写道:"文学出现了前所未有的困境,其实是社会出现了困境,是人类出现了困境。这种困境早已出现,只是我们还在封闭的环境里仅仅为着生存挣扎时未能顾及，而我们的文学也就自愉自慰自乐着。当改革开放国家开始强盛人民开始富裕后，才举头四顾知道了海阔天空，而社会发展又出现了瓶颈，改革急待于进一步深化，再看我们的文学是那样的尴尬和无奈。我们差不多学会了一句话：作品要有现代意识。那么，现代意识到底是什么呢，对于当下中国的作家又怎么在写作中体现和完成呢？现代意识也就是人类意识，而地球上大多数的人所思所想是什么，我们应该顺着潮流去才是。"这至少牵涉到三个问题：第一，何谓现代性；第二，谁是大多数；第三，谁主世界潮流。

关于第一个问题，西方过来人早有议论，他们对现代性或现代意识的疑窦和反思出现于 19 世纪，甚至更早。到了 20 世纪，两次世界大战令世界生灵涂炭、满目疮痍，现代主义虽然走进了观念和技巧的死胡同，但其所表现的异化和危机却具有片面的深刻性（袁可嘉语）。而后现代主义则多少反其道而行之，娱乐至上、消解意义，虽然使文艺顺应了自由市场的游戏规则，但模糊了后发达或发展中国家的意识形态的相对独立性。根据马尔库塞（《单向度人》）的说法，真正的艺术是拒绝的艺术、抗议的艺术，即对现存事物的拒绝和抗议。换言之，艺术即超越：艺术之所以成为艺术，或艺术之所以有存在的价值，是因为它提供了另一个世界，即可能的世界；另一种向度，即诗性的向度。前者在庸常中追寻或发现意义并使之成为"陌生化"的精神世界，后者在人文关怀和终极思考中展示反庸俗、反功利的深层次的精神追求。但是，后来的文化批评家费斯克（《理解大众文化》)却认为,大众(通俗)文化即日常生活文化(也即所谓的"生活审美化""审美生活化"),其消费过程则是依靠文化经济自主性对意识形态霸权进行抵抗的过程。他们从不同的角度肯定了"严肃文化"和"通俗文化"的存在价值。显然,现实助费斯克战胜了马尔库塞。而后现代主义指向一切意义和宏大叙事的解构为所谓娱乐至上的大众消费文化的蔓延提供了理论基础。于是,绝对的相对性取代了相对的绝对性。

关于第二个问题,王小波曾一语中的,谓"沉默的大多数"。如果拿金字塔做比附,那么人类的大多数毫无疑问地便是被压在底层的那个庞大的基数。他们大都还在为生存权挣扎,何谈话语权?!而今,虽然互联网和微博微信为众生提供了言说的机会,但它又何尝不是淹没在资本这个汪洋大海中的小小泡沫。而"在安静的书屋里孕育翻天覆地思想"(海涅语)的西方文人从卢梭到尼采到斯宾格勒到奥尔特加·伊·加塞特到卡夫卡到弗莱到加西亚·马尔克斯到波兹曼,等等(这个群体几可无限扩大),对现代化的意见也不尽相同,尽管总体上是保守的、否定的取法。

关于第三个问题,大多数人也许还不大关心。首先,世界是谁?它常常不是全人类的总和。往大处说,世界常常是少数大国、强国;往小处说,世界文学也常常是大国、强国的文学。这在几乎所有世界文学史写作中都或多或少有所体现。因此,世界等于民族这个反向结果一直存在,而非"民族的就是世界的"。只不过它从来没有像今天这样表现得清晰明了和毋庸置疑。盖因在跨国资本的全球化进程中，利益决定一切。换句话说，资本之外，一切皆无。而全球资本的主要支配者所追求的利润、所奉行的逻辑、所遵从的价值、所代表的强国和它们针对弱国或发展中国家的去民族化、去本土化意识形态，显然与各民族的传统文化不可调和地构成了一对矛盾。

总之，资本逻辑与技术理性合谋，并与名利制导的大众媒体及人性弱点殊途同归、相得益彰，正推动世界一步步走向跨国资本主义这个必然王国，甚至自我毁灭。于是，历史必然与民族情感的较量愈来愈公开化、白热化。这本身构成了更大的悖论，更大的二律背反，就像早年马克思在面对资本主义及其发展趋势中所阐述的那样。君不见人类文明之流浩荡？其进程确是强制性的，不以人的意志为转移。不宁唯是，强势文化对弱势文化的压迫性、颠覆性和取代性来势汹汹，却本质上难以避免。这一切古来如此，在可以预见的未来仍将如此，就连形式都所易甚微。这在"全球化"时代更是显而易见。而所谓的"全球化"，说穿了是全球跨国资本主义化。我们当何去何从？我们的文学和文学批评当何去何从？这本来就是个难以回避的现实问题。逆时代潮流而动？明知不可为而为之？不错，这才是真正的君子之道、文学之道。然而，我国文坛却提前进入了"全球化""娱乐至死"的狂欢，或轻浮或狂躁，致使伪命题及去心化现象比比皆是；文学语言简单化（却美其名曰"生活化"）、卡通化（却美其名曰"图文化"）、杂交化（却美其名曰"国际化"）、低俗化（却美其名曰"大众化"），等等，以及工具化、娱乐化等去审美化、去传统化趋势在网络文化的裹挟下势不可挡。

　　当然，我并不否定"全球化"或跨国资本主义化是人类社会发展的必然一环，即资本在完成地区垄断和国家垄断之后实现的国际垄断。它的出现不可避免，而且本质上难以阻挡。马克思正是在此认知上预言了"全世界无产者联合起来"：不分国别、不论民族，为了剥夺的剥夺，向着资本和资本家开战，进而实现人类大同——社会主义。但前提是疯狂的资本逻辑和技术理性让世界有那么一天（用甘地的话说，"世界足够养活全人类，却无法满足少数人的贪婪"）；前提是我们必须否认"存在即合理"的命题，并且像马克思那样批判资本主义。这确乎是一种明知不可为而为之，但若不为，则意味着任由跨国资本及其现代化毁灭家园、毁灭世界。

　　正是在这样的语境中，贾平凹实现了他不同寻常的文学价值、精神价值。他为中华民族的故乡情怀和乡土意象所唱响的挽歌非但带灯，而且是带血带泪带疼的。

# VII　先锋作家的矛盾叙事

## ——读格非《人面桃花》

一如"痛苦的狂欢""真实的谎言"等矛盾修辞，格非的《人面桃花》或可被指称为矛盾叙事。

## 把自己带入过去

作为成名于上世纪末叶的先锋作家，格非曾被定格在"最年轻的一位"。强调年轻并非没有意味，但归根结底他在那拨先锋作家中是否最为年轻却并不重要，重要的是他作为先锋作家如何借他的叙述技巧来弥合观念的张裂。然而，本文不是来讨论先锋的格非或格非的先锋，更无意探究其年龄。

用陈晓明的话说，格非小说的"叙事过程不能说不出色，但对当代生活的理解却显得有些概念化"。也许这是先锋作家的通例或通病；也许正因为如此，随着年龄的增长，明智的先锋作家往往会调整姿态，或借形上聊以自慰，从而将观念引向极致，如被格非等中国先锋作家奉为一尊的博尔赫斯；或转而形下，如斯者多，以至于不胜枚举。另有一些或从先锋转向整合，这是上世纪 60 年代拉美"文学爆炸"时期一拨作家的普遍取法，其终极目标是书写"拉美的《圣经》"。既为整合，古典的力量也便被重构并凸显了出来。当然，古典和现代一样，都只是相对而言。

格非的策略与那一拨拉美作家所奉行的整合情怀颇有几分相似之处。他以他的方式拥抱古典，走向糅合。拿《人面桃花》中的古风今韵为例，它既有从诗经楚辞、唐诗宋词，乃至骈文、曲牌、明清话本小说——尽管曾几何时后两者不登大雅——等多重维度与语言的杂糅，又有生活流、意识流或任意的延宕、有意的歧出，也有类似于"以后当如何如何"的全知全能及冒号、分号、引号、单引号、人称代词省略的明叙与暗叙或亚叙并立所造成的混乱。第一章、第二章和第四章中的第三人称明叙与第一人称暗叙的交织主要由"父亲""母亲"的指代及张季元日志、无引号第一人称叙述所体现；第三章则主要依靠单纯的第三人称敷衍开来，从而"父亲""母亲"变成了老爷和夫人，女主人公秀米变成了校长。同时，由于刻意回避或尽量少用人称代词和分号、单引号，作品中频频出现主谓宾关系模糊、人称代词重叠，以致引发歧义，譬如：

秀米觉得他原本就是一个活僵尸。口眼歪斜,流涎不断,连咳嗽一声都要喘息半天。(因冒号或主语省略催生歧义)

老婆子笑而不答,翠莲拉着秀米正要走,孟婆婆又在身后道……(因老婆子和孟婆婆原是同一人物,故产生叠影。)

小施莱格尔在谈到文学的古今关系时说,"真正的诗人都会把自己的时代带入过去,从某种意义上说,也就是把自己带入过去"。反之亦然。譬如荷马是西方最古老的诗人,但他也是最现代的诗人。同理,屈原、李白或杜甫、罗贯中或曹雪芹等既是古典的,也是现代的。这或许正是格非有意无意中追求的一种境界。前不久,他就斩钉截铁地说:"所谓与传统(在这里它完全可以与古典等值)对话,恰恰不是到古代文化中去寻章摘句,而是要从更高的层次上别出心裁,别开生面。"这大抵是格非重视古典且有别于古典传统的起点,也是其叙述方法繁杂不拘,语言斑驳任意的某个由来。于是,潜在叙述者秀米的叙述至少出现了四种情况:

一、无冒号　秀米觉得他原本就是一个活僵尸。(:)口眼歪斜……

二、有冒号　她(秀米)胡乱地……抱着一只绣花枕头喃喃道:要死要死,我大概是要死了……

三、有引号　秀米说:"我也不知他如何能出来……反正走了就是了……"

四、自我外化　除第三章外,格非一概将秀米这个隐性的"我"外化为第三人称"她",却通篇保持了"父亲""母亲"的指代。(唯第三章为"老爷"和"夫人",而秀米则在这一章中彻底变成了第三人称"她"或"校长"。)

此外,题材本身也是格非选择亲近古典,同时又不拘古典的重要原因,尽管题材与风格的对应并不绝对和必然。但无论如何,选择亲近古典确实不失为一种挑战,盖协调现代与古典并不容易,况且白话文运动之后,之乎者也毕竟渐渐淡出了我们的文学。所以然,格非的古典(尽管在不同人物那里颇有等级之别)与现代(包括前面说到的任意)遂显得格外矛盾。

## 悲剧式狂欢

《人面桃花》中悲剧因素多多。极乱时世,无论弄潮儿还是被弄人,皆为不幸人。陆秀米、张季元、小岛六雄、翠莲、喜鹊、韩六、孙姑娘,乃至小东西,等等,几无善终者。时代如斯,此乃悲剧式狂欢。而明显的喜剧化因素却是春来发几枝式的醒目而耀眼的点缀,它们主要由反讽构成,譬如丁先生为妓女孙姑娘所作的挽词或墓志铭堪称经典,曰:

> 雅人骚客,皆受其惠,贩夫走卒,同被芳泽……

又曰:

> 国与有立,曰纲与维,谁其改之,姑娘有雪……

如此这般云云。

当然,大处着眼,秀米等人的造反形同儿戏,其所营造的喜剧效果几可与《巨人传》相媲美。在拉伯雷笔下,逗笑的主体是鼻涕邋遢傻乎乎的巨人,而在格非这里,笑料来自"革命者",有妓女、乞丐、秃子、歪嘴、丁寡妇、大卵子、王七蛋、王八蛋等。

悲剧与喜剧之争由来已久,它暗合着古典与现代之辩,尽管二者的界限正日益模糊。然而,曾几何时,悲剧、喜剧泾渭分明,不相杂厕。亚里士多德认为悲剧表现崇高,模仿高贵者,而"喜剧模仿低劣的人;这些人不是无恶不作的歹徒——滑稽只是丑陋的一种表现"。这一定程度上道出了古希腊哲人对于悲剧和喜剧的理解和界定。亚里士多德以降,贺拉斯、黑格尔、布瓦洛、叔本华、尼采等对此均有论述。同时,西方喜剧自文艺复兴运动以来一发而不可收,并大有反转乾坤之势。中国古代虽然没有形成独立的悲剧学,但在孔子和庄子的哲学思想中不乏相关意识。至于晚近以来始自王国维等人的悲剧研究,则多少可以被看作西方悲剧学的延展。而中国(尤其是大陆地区)喜剧的崛起却几乎可以说是近三十年的事。这并不否定我国古来不乏喜剧因子和幽默感。从先秦诸子笔下洋溢着讽刺意味的诙谐段子，如《守株待兔》《揠苗助长》，等等，到后来愈来愈向下指涉的各种趣谈，以至当今无处不在的黄绿段子，真可谓源远流长、绵延不绝。诚然，政治高压确实是幽默和调侃、喜剧或闹剧的最大敌人。反过来也是如此：一方面，如果没有万历年间由变革等引发的相对宽松的社会氛围，《金瓶梅》及冯梦龙的《笑史》《笑府》等就不可能出现；如果不是乾隆中晚期相对开放的时代背景，《笑林广记》也不可能编撰成如此规模。而今我国文艺的喜剧化倾向则多少与"改革开放"有关。但另一方面，喜剧与幽默的发散总体上是以神权（王权）让位于人权、族利（集体）让位于个人为基础的。

由是，喜剧或喜剧因子（包括幽默及各种戏噱、调笑）在当今中国文坛生根开花结果，并迅速形成蔓延之势。格非在其悲剧作品中植入如此带有狂欢色彩的喜剧因素，无疑不尽是历史书写的必然需要。这里兼有历史诠释和文学表演。二者相辅相成，或可对传统（古典）构成"别出心裁，别开生面"的革新，尽管它们本质上仍未解脱悲壮，即较之于流行的"大话"和"戏说"，仍有别如云泥。当然，题材使然，矛盾使然，除了反讽，他有意在"严肃"中嵌入一些雅谑段子，譬如大家耳熟能详的那个老笑话冷不丁用在了一本正经的老学究——女主角的先生身上：

今天早上，窗口飞进一只苍蝇，先生或许是老眼昏花了,伸手一揽,硬是没有捉到,不由得恼羞成怒。在屋里找了半天,定睛一看,见那肥大的苍蝇正歇在墙上。先生走上前去使出浑身的力气,抡开巴掌就是一拍,没想到那不是苍蝇,分明是一枚墙钉。先生这一掌拍过去,半天拔不出来。害得他好一顿嗷嗷乱叫……

如是,古典性被不断建构,又被不断解构,譬如关涉崇高(包括英雄的高度)、庄严(包括情节的强度)、语言(相对的纯洁性)、人物(相对的完整性)等一系列要素或机理遭到破坏。但正所谓不破不立,大破大立,格非努力在矛盾中保持作品的某种平衡(或可称之为矛与盾的平衡)。

## 乌合之众的狂欢

格非在早期创作(探索)中已然表现出对玄秘的钟情。《褐色鸟群》就曾写到一个隐居人的故事。他整天忧心忡忡,并对邂逅的少女说起一桩谋杀案。话说有个少妇因不堪丈夫酗酒,终起杀念,而隐居人居然目睹了她谋杀丈夫的全过程。最大的玄秘在于那个被杀的丈夫居然在盖棺之前坐起来解开了上衣的纽扣。也就是在这个时候,他被盖棺钉住了。在《人面桃花》中,父亲陆侃和秀米无疑是两大玄秘源。当然,秀米的母亲和张季元也各有隐情和玄秘之处。父亲(第三章中的老爷)始终是一个谜,他一开始就被界定为疯子,且被揣与乌托邦有关,但孰真孰假没人知道,小说在此留下了巨大的悬念;第三章中的秀米-校长亦然。不同的是父亲-老爷的乌托邦立于思,秀米-校长的乌托邦基于行。前者影子般的存在直到最后才因下棋耄耋的“偶然”出现被朦胧点破。这种似是而非在更加似非而是的秀米身上体现出来,再加之秀米的一系列梦境,使玄秘或升或沉,烘托出亦真亦幻的叙事效果。这种玄秘而肃穆的方法与作品的狂欢化叙事背道而驰,却又殊途同归。于是父亲-老爷的乌托邦与秀米的乌托邦或反乌托邦遥相呼应,折射或牵引出理想与革命的光怪陆离,从而最大程度地表现了扭曲的人性或世道人心。譬如张季元等革命者丧失人伦的奇谲怀想:天下大同,人人平等,想要谁就要谁,哪怕是自己的亲妹妹。

> 在未来社会中,每个人都是平等的,也是自由的。他想和谁成亲就和谁成亲。只要他愿意,他甚至可以和他的亲妹妹结婚……

或“大同”如土匪窝(花家舍):

> 在花家舍,据说一个人甚至可以公开和他的女儿成亲……

法国作家左拉在《娜娜》等不少作品中将性格甚至命运归

咎于遗传。在一定程度上,格非显然也是这么认为的。当然,格非的小说要复杂得多。父亲陆侃和女儿陆秀米之间的相似性似乎又不尽是遗传的结果,它还有更为复杂的原因。后者多少通过张季元之流的革命家和花家舍之类的"世外桃源+梁山泊+造反"彰显了一二。我们不妨称这类"世外桃源梦+梁山泊神话+造反精神"为中华民族的某种集体无意识。借用荣格的话说,它是某种"原始经验的遗迹"。其实无所谓原始,但我们集体无意识中的一个巨大的黑洞便来自于我们的历史潜意识、集体无意识,即集体盲动性。只消稍稍回溯我们的历史,中华民族少有不建立在大规模造反(革命)基础之上的改朝换代。于是,(在毁灭的基础上)重建庙宇,(在破坏的前提下)再涂金身几乎是我们民族走不出的历史怪圈。于是,小农(经济)个人的胆怯在集体的盲动(造反或革命)中反转成为强大的起哄。而这在西方,甚至我们的邻邦都相当少见。

《人面桃花》中的革命主体基本被框定在乌合之众,这为格非的狂欢提供了某种牢固的依据,从而使原本矛盾的一系列因素取得了相对合理的共生与缠绕。

## 审美与审丑

《人面桃花》中既有对桃、荷、梅、菊等充满唯美精神的描写,也有令人极不可忍的脏、乱、恶、臭的渲染,其中最触目惊心的当数秀米-校长涂粪装痴(令人迁思乃父发疯或传说中的勾践尝粪、孙膑食屎），以及她对浑身恶臭的老乞丐的性臆想或性意向：

> 天色将晚的时候……她遇到了一个驼背的小老头。
>
> 他是一个真正的乞丐，同时也是一个精于算计的好色之徒。他们一照面，秀米就从他脸上看出了这一点。他像影子一样紧紧地攥着她……他身上的恶臭一路伴随着她……
>
> 第二天，她醒过来的时候，乞丐早已离开了……假如他昨晚想要，她多半会顺从。

这样的内心独白唯有与"革命""大同""平等"等理念及秀米的"实践"——盲动联系在一起才显得合情合理。但事情还不止于此，真正重要的是后一句所展示的玄秘色彩与狂欢精神：

> 反正这个身体又不是我的，由他去糟蹋好了。把自己心甘情愿地交给一个满身秽污、面目丑陋的乞丐是一件不可能的事，而只有不可能的才是值得尝试的。

与此同时，秀米从父亲那里遗传了雅致。父亲陆侃曾梦想用一回廊将整个唤作普济的村镇连接起来并缀以花卉绿树。因此，当秀米被绑架至花家舍时，也便有了似曾相识之感：

　　她看到的这座长廊四通八达,像疏松的蛛网一样与家家户户的院落相接。长廊两侧,除了水道之外,还有花圃和蓄水的池塘。塘中种着睡莲和荷花……

　　与此对应,花家舍的土匪头儿一个个心狠手辣,凶相毕露。用人物韩六的话说,他们动辄就撕票。譬如:

　　他们眼见得那张花票留不住,就把她杀了。他们先是把她交给小喽啰们去糟蹋,糟蹋够了,就把她的人头割下来放到锅里去煮,等到煮熟了,就把肉剔去,头盖骨让二爷拿回家去当了摆设……

　　如此残酷的描述是需要预先将体温冰冻一阵子的。反过来,最大的土匪头子却又满嘴的之乎者也,并自诩"羲皇以来,一人而已"。

　　至于比比皆是的屎、尿、屁、脏、臭,则恰好与梅、兰、竹、菊、荷之类矛盾地并列并存。

## 柯尔律治之梦

　　逼真是虚构的反面,但它同时也是虚构赖以"成立"的基础,是文学"内规律"的重要体现,但格非在这部小说中有意颠覆"千方百计"酝酿的古典气韵和大量夹批所营造的逼真,一步步使"本事"消释于强大的虚构当中,并反过来凸显了"本事"的虚妄。

逼真与失真好比写实与虚构。换言之,虚构和想象、幻想,作为写实或真实的对应,在《人面桃花》中似乎被不加区别地一视同仁了。为避免钻牛角尖式的条分缕析,我们亦当如斯观。

众所周知,虚构作为小说创作,乃至一切文学创作不可或缺的要素,其形态和维度决定了它从联想或想象或夸张,乃至幻想的不同称谓。这当然早已是一种共识。然而,问题是虚构始终是针对真实而言的,就像是真实的影子;因此二者的关系剪不断、理还乱,可谓相生相克、相辅相成。也正是因为如此,关乎虚构的言说总是始于真实,而且每每终于真实,难以独立展开。正因为如此,虚构或想象或幻想始终未能作为一种相对独立的审美对象而受到重视,却铸就了一切伟大文学的基点。从某种意义上说,格非并不曾将《人面桃花》构筑于历史之上,尽管历史本身也不是铁板一块(尽管海登·怀特式的"元"怀疑也值得怀疑)。

老实说,辛亥革命只是一个粗略的背景,甚或一个渐行渐远的影子。这一方面为作品的虚构提供了空间,但同时也限制了虚构的(时间)维度。作品没有涉及任何历史人物,但陆侃的想象和张季元等人的"革命"以及土匪窝花家舍可以被看作是那场革命的三种微缩变体。既是微缩,它们遂显得格外"精致";既是变体,它们又分明被"任意"化了。但任意并不等于无法。格非的高明之处是淡化大背景、活化(逼真的)小环境,并为此使出浑身解数：

一、潜第一人称叙述（除第三章外，秀米一直是全书的潜在叙述者。也许正因为如此，第三章也是全作最缺乏逼真感的）；

二、夹批　既可瞻前，亦能顾后，如"1958 年 8 月，梅城县第一批革命烈士名单公布。张季元名列其中……"；

三、日记　如张季元日志，它的特点在于既写革命（事业），复写爱情，其"真实"程度使秀米陷入恋爱和革命的双重情网；

四、其他细节　如夜壶、马桶、草木、家畜，等等。

但是，貌似步步为营的真实企图和由此建构的"内规律"在一系列虚构中分崩离析。首先是梦境。无论弗洛伊德们如何强调梦的"真实性"，但梦毕竟是梦。然而，格非有意打碎梦境与"真实"的界限，使秀米的梦境一次次与"实际"重叠，以至于最后连她自己也分不清哪里是梦、哪里是实了。譬如，在花家舍，秀米又做了个梦，梦见床头桌上放着一穗热气腾腾的玉米棒。有人来到床边，边啃玉米边和她聊天，说他和她是"同一个人"：

"你以后会明白的。"来人道，"花家舍迟早要变成一片废墟瓦砾，不过还会有人重建花家舍，履我覆辙，六十年后

155

将再现当年盛景。光阴流转，幻影再生。一波未平，一波
又起。可怜可叹，奈何，奈何。"

　　说完，那人长叹一声，人影一晃，倏忽不见。秀米睁开
眼睛一看，原来是个梦……


　　问题是床前"橱柜上还搁着吃了一半的玉米"。这不是柯
尔律治之梦吗？有人梦见自己去了天堂，而且从天使手里接过
了一枝玫瑰，醒来时玫瑰就在手中。柯尔律治的问题是：该当
如何？顺便提一句，所谓"六十年后将再现当年盛景"，既为《山
河入梦》和《春尽江南》，尤其是后者留下了伏笔，也多少点出了
中华民族集体无意识中的乌托邦或反乌托邦精神。

　　其次是夸张的革命（狂欢）或打家劫舍所引发的反讽。它
寄生于遥远的"本事"——辛亥革命，但反过来小说叙事的虚拟
程度及其"内规律"（革命＋性爱＋造反＋打家劫舍＋乌合之
众）足以将"本事"化为乌有。同时，疯狂（包括陆侃）与革命、与
造反、与打家劫舍、与性爱狂想成了难分难解的同义词。因此，
"本事"的虚化不仅是叙事策略，也是意识形态。

　　诚然，小说最失真之处当推第三章。由于叙事方法（策略）
的突然改变（叙述者不再是秀米这个潜在的第一人称），由于革
命被夸张地渲染为一群乌合之众的疯狂游戏，作品苦心孤诣缔
造的逼真被彻底瓦解。当然，换一个角度看，拿这种叙事的矛
盾来指涉时代的矛盾、"本事"的矛盾也可能是作者有意追求一
种艺术境况。

# 徘徊于虚实之间

　　小说在人物塑造方面同样徘徊在虚实两极之间。这是毋庸置疑的，但同时也是无可厚非的。虽然文艺复兴运动以来的人文学者普遍重视人物性格塑造，以至到了19世纪，性格擢升为一切文学创作的重中之重、要中之要（恩格斯关于典型环境中的典型性格论自不待言，黑格尔美学的要义对此也多有涉及），但20世纪世界文学对于人物性格的偏废也是不言自明的。从卡夫卡到博尔赫斯，我们看到的几乎仅有观念和意象。我们甚至无法对他们笔下的某个形象的外在轮廓和内在心志形成较为清晰的印象。反之，我们几可明确说出林黛玉、薛宝钗或贾宝玉相貌何如、秉性如何，或者准确描述安娜·卡列尼娜或包法利夫人的万方仪态，盖因他们（或者说曹雪芹和托尔斯泰）为我们提供了基本的身心构造和想象基础。而现代文学非但常常不屑于描写人物外表，甚至连人物内心也每每被消释在无限的不确定中，却美其名曰复杂和相对，并为极端的主观接受或相对主义预设了空间。

　　格非的人物描写虽算不得精细和古典，却也并未完全放任自流。其中《人面桃花》的主要人物主要由人物相互描摹。譬如，张季元的外表主要由秀米完成"建构"，反之，秀米则主要由张季元代为表征。张季元在其日志中写道：

目如秋水，手如柔荑……

她的脖子是那么长，那么白……

如此等等，疏疏朗朗，三言两语，当可使读者悉知秀米是个身材高挑、天生丽质的美人儿。至于人物性格，它主要由情节来推演，同时反过来推演情节。这也是一般古典作家的做法。譬如莎士比亚，即使"一千个读者就有一千个哈姆雷特"，他对忧郁王子的性格描写却不能不说是有机的、完整的。

问题是格非似乎并不刻意刻画人物性格，尤其是主要人物，如陆秀米及其父亲、张季元以及花家舍大当家王观澄。（有些次要人物反倒更加活灵活现，让人过目不忘，思之犹存，譬如翠莲，再譬如花家舍的三当家、五当家等，这说明格非并不缺乏塑造性格的机巧。）且不说他们的疯具有相似性，即使是在日常行为的逻辑性上，他们也极具相似性。张季元对秀米的爱缺乏逻辑铺垫，除了简单的外表描述，几无关乎后者性格或心性方面的表述；同样，前者对秀米缺乏外表的吸引，其所从事的革命事业也不为后者所理解，却靠区区几句狂语（很大程度上是令人难以置信的诳语）征服了她。至于陆侃和王观澄，他们的相似性则几可用《百年孤独》中的阿卡迪奥们或奥雷良诺们相比拟。从这个意义上说，集体无意识也许果真是格非最着力表现的内容。也只有在这个层面上，个性（或人物性格）必然让位于类型化（或群体化）形象而退居至次要地位。

此外，人物一旦作为民族集体无意识的"代言"，也便具备了相对的"一般性""普遍性"或"永恒性"。英国作家塞缪尔·约翰逊认为一流作家写人性，二流作家写现实，谓"只有表现一般的自然才能给人愉悦，也才能使愉悦长久……莎士比亚超越一切作家……他的人物不因地域风俗的改变而改变，放之四海而皆存"。

然而，布莱克针锋相对，他的诘问是：一般自然，有这样的东西吗？一般原则，有这样的东西吗？一般人性，有这样的东西吗？他坚信只有特殊性、个别性才彰显价值。一般性是白痴的东西。

这在后来的表现主义和印象派当中找到了各自的后人。反过来，他们同样可以将各自的源头追溯至柏拉图和亚里士多德。

这就是文学的矛盾，也是文学的丰富。格非并非"草根作家"，对此当心知肚明。事实上，作为文学教授，他对叙事学多有研究。他的矛盾或许有意指向约翰逊 VS 布莱克矛盾。曲为比附，同写极乱时世（抗日战争）的钱锺书不无类似的考量，但处理此等矛盾时却明显偏向前者，这也正是他不喜欢悲剧（如《红楼梦》）而钟情喜剧（如《西游记》）的原因。① 而格非则明显纠结于二者之间。

---

① 此外，钱锺书在《围城·序》中曾明确指出，他要写的是"无毛两足动物的基本根性"。

# 陌生化与熟悉化

曾被同时译作"陌生化"和"间离化"的 defamiliarization 是俄国形式主义文论的重要概念。在什克洛夫斯基那里，"陌生化"是使熟悉的事物陌生，使石头恢复石的质感，其有效方法便是借用描写其他事物的相应词汇，从而激发人（业已迟钝）的感觉知觉。但到了布莱希特笔下，情况发生了变化。他受俄国形式主义启发，但将"陌生化"概念颠覆而使之转向"熟悉化"。他拿中国戏曲为例，认为中国艺术家在表演时表达了对观众的（尊重？）意识。观众再也无法保持一种幻觉，认为自己在观看真实发生的事件。表演者的动作、表情和台词与被表演者保持很大的距离，他们小心翼翼不把角色的感觉变成观众的感觉。这样的看法当然不无偏颇，盖中国戏曲的"熟悉化"表演依然可以激发观众的喜怒哀乐，他们早已接受了那些程式，并感同身受地与演员（人物）同悲欢共命运。因此，他所谓的陌生，其实是间离（即演员同人物、观众同演员-人物的反移情效果），与什克洛夫斯基所说的那种让人犹如初见初闻的感觉（惊奇）适得其反。

格非的小说兼具双面效应。谓予不信，我姑且各举一例。首先，秀米的初潮被大大地陌生了一回。它作为小说的开场大戏和"父亲"的疯癫一样令人难忘：

　　她觉得肚子疼痛难挨,似有铅砣下坠,坐在马桶上,却又拉不下来。她褪下裤子,偷偷用镜子照一照流血的地方,却立刻羞得涨红了脸,胸口怦怦直跳。她胡乱地往里塞了一个棉花球,然后拉起裤子,扑倒在母亲床上,抱着一只绣花枕头喃喃道:要死要死,我大概是要死了……

随后是少女充满恐慌和羞惭的好一番侦察。

其次,围绕桃花源和花家舍,作品展开了堪称经典的一系列"熟悉化"演绎。这其中既有间离,也有移情。譬如,有关桃花源的诸多描写不可谓不重复,却暗喻了《山河入梦》和《春尽江南》中的某些场景,从而对青天白日或全国山河一片红式的乌托邦构成讽喻。而花家舍头领唱小曲、对淫对子又每每催人迁思一些民间小曲、古典话本或明清传奇中的采花盗、"雅色荒"。比如:

　　海棠枝上莺梭急,绿竹荫中燕语频。
　　壮士腰间三尺剑,女儿胸前两堆雪。

说"正经"的,格非的有些"陌生化"或"间离化"效果来自有意的"紊乱"。这里有两个很说明问题的例子,一个是李商隐的《无题》诗,人物错把"金蟾啮锁烧香入"变成了"金蝉啮锁烧香入";另一个是由韩愈诗《桃源图》引出的那幅"名画"。前者据传倒"真"与韩愈有关,即贾岛《题李凝幽居》中"鸟宿池边树,僧推月下门"中的"推"字,相传被韩愈点化成了"僧敲月下门",并使这"推敲"传为佳话。至于后者嘛,多半是格非为了陌生的间离或者相反而臆造的。

## 席勒还是莎士比亚

亚里士多德在《诗学》中用了近三分之一的篇幅来讲情节,而且认为情节是关键,从而高居悲剧的六大要素之首。但文艺复兴运动以降,作家的主观意识和价值取向以人文主义为核心迅速擢升。到了浪漫主义时期,作家的个性得到了空前的张扬,并开始出现主题先行、观念大于情节的倾向。正因为如此,相对于席勒,马、恩更推崇情节与内容完美结合的"莎士比亚化"。但主题先行的倾向愈演愈烈,许多现代派文学则几乎成了观念的演示。情节被当作冬扇夏炉而束之高阁。于是文学成了名副其实的传声筒及作家个性的表演场。因此,观念主义、形式主义、个人主义大行其道。但是,从时代的高度反思20世纪文学,尤其是小说,我们不能不承认情节与主题的天平曾严重失衡,也不能不承认相当一部分先锋小说,如扑克牌小说,乃至乔伊斯们、科塔萨尔们、罗伯-葛里耶们的表演是值得怀疑的。

格非当认同这种怀疑。这一点可以由以下两个方面来加以验证:一是他对情节的相对重视;二是他在观念、主题方面的相对内敛。首先,《人面桃花》的情节设置相当刻意。作品从

"父亲"出走、秀米初潮说起,有噱头,有伏笔,有惊奇,有关子,可谓内容庞杂,悬念迭出。其中,张季元同"母亲"的关系被暗示为某种蹊跷,但他却义无反顾地爱上了"母亲"的女儿秀米,而这份感情被革命加爱情的那份日志记录下来,居然彻底打动了原本对之颇有些反感或犹疑的少女芳心。然后,张季元被杀,秀米终于彻底"革命"或自暴自弃了,她居然对自己的身体完全失去了尊重与爱惜。

在黑格尔看来,艺术的最高境界除了背后高高在上的绝对精神,便是一定程度上调和了柏拉图和亚里士多德的内容与形式、理性与感性、精神与自然等对应关系的完美统一。因此,从古典美学的角度看,秀米这个女主人公的行为或可称之为反认同间离,盖她一直在突破上述关系,以至于她的每次转变都显得有些突兀,从而消解了人物在读者心目中激发认同的力度。但从格非所选择的题材看,她的突兀和反常又恰恰强化了时代的荒诞性。这种荒诞性在六指密谋、马弁叛主等一系列事件中延伸至对世道人心的揭发。

说到人物或情节的荒诞,小说的主题就显得颇为沉潜,甚至含混。它可以是革命,是命运,是爱情,也可以是乌托邦或反乌托邦,元小说或历史小说或反历史小说,甚而如前所说,它可能是悲剧,但也可能是喜剧,乃至闹剧。总体说来,悲剧比喜剧更需要氛围。一个英雄之所以成为英雄,是需要充分锻造的,否则他的毁灭将难以博得读者(观众)设身处地、感同身受的震撼与眼泪。喜剧却不然,一个笑话,无论多么突兀,都能产生效果。这是古典悲剧更需要情节支撑的原因。《人面桃花》由于游移于悲-喜剧之间，人物命运的古典逻辑被相对瓦解，以至于遗传学、集体无意识等近现代因素占据了较为显眼的位置。这就使得人物的完整性或复杂性、吸引力或感染力受到了相应的制约或弱化。这是现代艺术修正古典艺术所付出的代价，但同时强化的观念和丰富的主题对此做出了一定的弥补。两者在格非的小说中产生了有趣的平衡与反平衡较量。

## 小说战胜了大学

《大学》云：

> 大学之道，在明明德，在亲民，在止于至善。知止而后有定，定而后能静，静而后能安，安而后能虑，虑而后能得。物有本末，事有终始，知所先后，则近道矣。古之欲明明德于天下者，先治其国；欲治其国者，先齐其家；欲齐其家者，先修其身；欲修其身者，先正其心；欲正其心者，先诚其意；欲诚其意者，先致其知，致知在格物。

然而，格非者既格物，也格非；事事矛盾，相生相克，万物乃存。

格非的"大学"显然是张季元之流的"革命大道"。它除了前面说到的"想娶谁就娶谁"之类的"天下大同""绝对自由"，还有与之相"适应"的"十杀令",其令人毛骨悚然的内容大致如下：一、有恒产超过四十亩以上者杀；二、放高利贷者杀；三、朝廷官员有劣迹者杀；四、妓女杀；五、偷盗者杀；六、有麻风、伤寒等传染病者杀；七、虐待妇女、儿童、老人者杀；八、缠足者杀（后经众人再议，改为自革命成功之日起凡再缠足者杀）；九、贩卖人口者杀；十、媒婆、神巫、和尚、道士皆杀。这十全大杀既有对古来国人的种种令规、彩头（如"十全大补"）的戏谑，也有对摩西十诫之类的反衬。

此等"革命大道"在张季元书写日志的过程中即被解构。而与之同构的秀米式革命或花家舍式共和不仅成为格非小说的变奏，而且与一种或可称之为基调的矛盾性相互交织，并一起将小说的底线推延到了某种极致。

《庄子·外物》有"饰小说以干县令"之谓。据说这是"小说"一词的最早出处。虽然"县令"之义迄今未有定论，但小说曾经作为稗官邪说、街谈巷议的同义词却是基本可信的。它因此一直为道统所不齿，直至维新变法及梁启超的一纸《论小说与群治之关系》之后，才逐渐得以正名。当然，这不仅是中国历史的需要，也直接受惠于西方文化。如今，小说这种"真实的谎言"或"痛苦的狂欢"愈来愈体现出比正史更为强劲的力量。在格非笔下，它是一种反宏大叙事的宏大叙事。

即使不将"江南三部曲"中的另两部纳入视野，《人面桃花》也已然独立构成了一种新宏大叙事。它无疑是格非迄今为止着力最甚的一部小说，也无疑是当今世界文学在各种"回归"声浪或取法中形成的一个丰富的声部，一抹多维的风景。

"彼亦一是非，此亦一是非"，类似矛盾多多。总之，作品在如上及诸如此类的二律背反中完成了矛与盾或大学与小说的共生。

众所周知，矛盾修辞拿两种互不兼容，甚至截然相反的词语来形容同一事物，从而生发强烈、奇谲的悖论式效果。由于这种修辞格往往"出人意料"，因而也特别引人入胜。但像格非这样将矛盾推延至叙事范畴并在一部作品中体现如此矛盾的风格却实实罕见得很。这多半与格非长期研究叙事学、探究文学规律有关。篇幅所限，我这里不能展开，且因无缘专门研读格非而未及细读他的所有著述，只能就《人面桃花》略陈管见，甚而择要不格致、点到却为止。

我想，以上矛盾大抵与格非的文学参悟或艺术无意识有关。简言之，迄今为止，文学研究的核心问题始终是回答文学是什么，以及文学何为、文学何如诸如此类的问题。文学（诗）言志，但也能抒情；它有用，但又分明是无用之用；它可以载道，同时还可能指向消遣，甚至游戏，等等。凡此种种，说明任何表面上足以自圆其说的文学命题或理论体系，完全可以推导出相反的结论。换言之，文学及文学批评犹如基因图谱，在一系列矛盾中呈螺旋式沉降和发散之势。言志与抒情、有用与无用、载道与消遣，以及写实与虚构、崇高与渺小、严肃与通俗，甚而悲剧与喜剧、人学与物象、传承与创新，等等，时至今日，均可能找到充分的佐证或理由。

也许，《人面桃花》的矛盾叙事是有意的，可谓以乱示乱；也许《人面桃花》的矛盾叙事是无意的:古典与先锋、悲剧与喜剧、玄秘与狂欢、审美与审丑、逼真与失真,等等,相生相克,但最终是否相得益彰,一是读者说了算,二是时间说了算。一方面,如上矛盾及凡此种种多少体现了乱象丛生的世道人心;另一方面,矛盾的叙事终究难免叙事的矛盾。

诚然,无论格非有意无意,世界如是,人心如是! 当我们满嘴仁义礼智信、温良恭俭让的时候,我们的历史却被鲁迅等无情地冠以"吃人"二字。况且,"天下皆知美之为美,斯恶已;皆知善之为善,斯不善已"。格非的矛盾叙事多少见证了他的某种矛盾或参透,即古典与现代、驳杂与单纯、精心与任意等诸多叙事方法和矛盾因素的兼收并蓄、杂然共存。

# VIII 说不尽的经典

——读四大名著和《聊斋志异》

## 《聊斋》的集体无意识

在这个人工智能时代，在这个 AlphaGo（阿尔法围棋）可以轻而易举地战胜围棋高手、战胜法律精英并能作诗谱曲的今天，在人类即将拥有各色机器人、定制太太或者丈夫的明天，我们还有什么可以指望自己的呢？ 也许只有属于自己的精神和喜怒哀乐了吧?! 无论如何，AlphaGo 不能替你喜怒哀乐。所谓感动在己，这恐怕是谁也改变不了的。 只不过生活带来的七情六欲往往代价沉重，唯读书是极少数不需要太多付出，却可以使人获得丰厚的回馈和感受的物事。

根据广西师范大学出版社 2013 年的抽样调查，《红楼梦》

《三国演义》《水浒传》和《西游记》都上了"死活读不下去"的图书榜单，而且《红楼梦》位列榜首。我不知道这能否代表我国读者的阅读现状，也不知道它是否可以代表八〇后、九〇后乃至〇〇后的审美取向。但无论如何，社会学意义上的定性定量分析并非毫无价值，全民阅读情况也并非不再堪忧。我想，夏志清、顾彬等西方汉学家所谓的"太啰唆"，刘再复先生等人的"双典批判"和周星驰等的大话戏说或许只是导致部分人等读不下去的浅层因由，而市场和资本的诱导也许才是问题的首要症结。

这且不论，先说乏人提及的《聊斋志异》。

其实，较之于上述四大名著，《聊斋志异》的普及程度恐怕更高更广，至少在国外是如此。从博尔赫斯那样的大作家到一般文学爱好者，鲜有不知道"女鬼故事"——《聊斋志异》的。而他们面临的共同疑问是：为什么女鬼总是爱上书生。哈哈，答案其实很简单：因为书是由书生书写的。这有点像脑筋急转弯。但真正的问题是，鬼故事原是口口相传的民间奇谈，设或说书人是广义的书生，那么行走天下的商人和日行百里的镖头们远比"三年一赶考，考场满青草"的书生遭遇鬼狐的概率大得多。因此，还得有个解释：书生们压抑的"力比多"必须借助美丽的孤魂野鬼得以释放。于是，商人、镖头及各色行者和江湖人等只能悻然让位。

同时，鬼故事是中华民族集体无意识的显性表征。利玛窦、汤若望等早期西方传教士初来乍到，除了建筑、人口和筷子

之类,震撼至深的是中国人居然"信鬼胜于信神"。何也? 这却
不是三言两语可以说清道明的。我们古人之所以信鬼的主要
原因,大抵是没有产生"原生态"的现代宗教——"一神教"。这
不仅是多神论赖以长久存在的主要原因,而且也是巫文化得以
残留的重要因由。一切宗教皆来自于巫,一切宗教也都是由神
话传说演化的。奇怪的是,中华民族又是个早熟的民族,其文
字的使用和历史意识的形成一方面保证了文化的理性和赓续;
另一方面却也因文字和历史书写掌握在代表统治阶级的极少
数人手中而使民间传说不得不与之分道扬镳、另辟蹊径,并润
物无声地潜入集体无意识中。它深深地扎下根来。这是现代
文化人类学的重要研究课题和成果之一。从列维-斯特劳斯到
布留尔再到弗莱,原始心理、原始经验一直为人类学家所津津
乐道。

再则,《聊斋志异》的一些故事被反复搬上银幕,这本该诱
发阅读兴趣。但其中的悖论却是影视作品先入为主,倩女成了
王祖贤,书生成了张国荣"哥哥";或者《画皮》中的各色演员。
文学作品一旦被影像定格,一些人也便不再阅读原著了。这是
现代大众传播方式对经典阅读的最大挑战。如今,电子产品铺
天盖地,一方面图像和影像阅读几乎成为大众接受信息的唯一
介质;另一方面当经典的传播空间表面上被无限放大的同时,
也大大压缩了人们阅读原著的可能性。用麦克卢汉的话说,
"媒介即信息"。但我们需要的仅仅是铺天盖地、令人眼花缭乱
的信息吗?

于是，经典的逻辑在人为地褪色，并淡出我们的生活。唯其如此，我们也才更要拥抱大家、守护经典，分享阅读的经验，尤其是同我们的孩子分享阅读的欢愉。

## 《西游》的永恒价值

话说《西游记》被戏说、恶搞，乡贤章金莱（六小龄童）颇为愤懑，以至于不惜"以身试法"、对簿公堂。我理解他的良苦用心，作为声援，便有了这番议论。

不像我孩子，看着《西游记》长大；我辈不幸，从小没"小人书"看。因此，我看《西游记》是在"文革"后期，当时邓小平复出，而我在中学读书，自告奋勇到图书馆当义务管理员。这一当不要紧，居然从封存的书堆里找到了不少好玩意儿，其中就有《西游记》。老实说，我看《西游记》一直在笑，笑唐僧迂（苦笑不迭！），笑猪八戒黠（可气可笑！），笑孙悟空精（服膺的笑！），笑沙和尚憨（会心的笑！）。当时我十三岁，以为自己已经长大。后来真的长大了，慢慢有了些阅历，便开始拿师徒四人比附国民，乃至国民性，谓唐僧像儒，八戒像商，悟空像侠，沙僧像民。他们之外的那一拨神仙是高高在上的官僚，而白骨精们是为非作歹的匪。再后来，我发现类似的比附早有人先我做过。

一如蒲松龄是书生，因此美丽的女鬼都爱上了书生；吴承恩也是书生，所以妖怪喜欢唐僧。而唐僧又何尝不是书生？！他所做的其实是现代意义上的"洋插队"——先留学，而后译经传学。吴承恩无非是夸大了我等儒生的迂腐劲儿,要说信仰这东西就是厉害,无论释道儒侠,还有各色主义,一旦信了,你也便身不由己矣。于是,唐僧心心念念的是他那一亩三分地。但他是幸运的,因为他成功了。而许多儒生却成了范进。孙悟空是侠义的化身,忠肝义胆、火眼金睛,却不乏逆反心理;讲道义、有信仰,但不墨守成规。他是孩子德育教学的好范例,盖因他是非分明,乃古来忠臣名士的代表。沙僧是芸芸众生,他勤勉敦厚、任劳任怨,不到万不得已决不轻易出手。八戒的两面性,甚至多面性则最可用来比附一般意义上的国民性,甚而劣根性。他狡黠,但只是小聪明;贪吃贪色,却又惰性十足、不思进取;时不时地占点便宜、开个小差,吃亏时不是阿Q似的自我安慰,便是蛮不讲理地怨天尤人。

话说孙悟空代表正义,但总是先吃亏后胜利。初读《西游记》,总觉得吴承恩他老人家的逻辑有点问题。想他孙大圣如此了得,大闹天宫,搅得玉皇大帝及众仙无计可施,但到了凡间却每每被妖怪捉弄,而且那些个妖怪不外乎诸位神仙的坐骑、宠物、童仆,甚至器物罢了。这样的"逻辑问题"《水浒传》《三国演义》中多少都有。

这且罢了,但说师徒四个少有时代特征。这是中外一干名著所罕见的。他们可以从魏晋南北朝一直"活"到大清帝国,甚至更早或更晚。若非大唐皇帝封了唐僧一个"御弟",那么我的推想是完全可以成立的。说到这一点,我不禁想起英国文学史上的一次争论。那是在约翰逊和布莱克之间进行的。在前者看来，一流的诗人写永恒、写普遍，二流的诗人写现实、写特殊；而后者的观点恰好相反，认为永恒是不存在的，只有暂时和个别才是真实的、可靠的。而我的前辈钱锺书先生似乎更倾向于支持约翰逊，于是他在《围城》的序言中开宗明义，要写"无毛两足动物的基本根性"。我想他老先生之所以喜欢《西游记》胜于喜欢《红楼梦》的根本原因，也许就在于兹。

诚然，作为审美意识形态，文学名著妙就在妙在它们是说不尽的。卡尔维诺对名著的界定就是这个方向，而且简单直接：它们是那些能反复阅读，并每每使人有所新得的作品。这自然是有一定道理的。不过《西游记》在这方面是个例外，譬如我可以依次无数遍地阅读《红楼梦》《儒林外史》《三国演义》，甚至《水浒传》，却再无重读《西游记》的冲动了。也许是自己真的长大了，甚至老了。问题是它又明显老少咸宜，就像《米老鼠和唐老鸭》；也许它太让人过目不忘了，因此无须看第二、第三遍也未可知，除非是为了研究。同样，《聊斋志异》也是我钟爱的名著之一，但自年轻时读过后，也就没了重读的雅兴。说到后者，我也许还可以为这样的名著加上一条无须再读的理由，那就是它们的故事多少有些重复，譬如《聊斋志异》中遇到狐仙丽鬼的总是书生，而《水浒传》四十回之后及至招安之前每一个前来攻打水泊梁山的皆有万夫不当之勇或奇招异器，但一旦上了梁山也就基本默默无闻了；再有一比，那便是美妙的侦探小说，一旦机关破解，你知道了它的结局，阅读的快感也便消减了许多。

诚然的诚然，我最近忽然又萌发了重读《西游记》的兴致，诱因很简单：得了章先生所赠《六小龄童品西游》。他对《西游记》的执着拥戴确实令人感动。我想他不仅是因为在荧屏上的成功表演，还兼有猴戏世家对美猴王的价值和审美认同，更由于孙悟空在他眼里心中承载了民族对真、善、美的基本认同。就我本人而言，虽喜欢程度有别，然对民族经典的守望是与之相同的。盖因它们是民族认同感和凝聚力的基础，一如中文和乡情。打倒了经典、忘却了乡情、废黜了中文，也就打倒了中华民族，取而代之的必定是别人的语言、别人的经典、别人的一切。

## 《三国》的人文情怀

过去有一种说法，在坊间颇为流行，叫作"少不读水浒，老不读三国"。但这里所谓的"少读"，并非劝人不要多读，而是指本人儿时的阅读。我最早听说（而不是看到）《三国演义》是在老家的街头。仲夏夜，江南闷热，家家户户搬几把竹椅、摊一张凉席在门口熬伏。于是，总有一些不是说书人的说书人自告奋勇，在那里讲三国，说水浒。当时我还很小，几乎搬不动一把椅子，但故事却听得懂了。稍长便不屑于听了，便找书来看。

逆反心理作祟，我最喜欢的人物居然是睁着眼睛睡觉的张飞。如今想来，张飞称得上是《三国演义》人物中最富有谐趣意味的一个，而较之于悲剧人物，小孩子往往更喜欢喜剧人物。

但凡喜剧，皆具有戏谑性和颠覆性，这也是欧洲文艺复兴运动时期喜剧得以在新兴市民阶层广受欢迎的原因之一。

话说张飞"身长八尺，豹头环眼，燕颔虎须，声若巨雷，势如奔马"，使一柄丈八蛇矛（这兵器很古怪，又名丈八点钢矛，重五十余斤。首先这长度令人惊诧，那不是晾衣竿吗？矛头还是蛇形的，据言其在百万军中取敌将首级，犹如探囊取物。人说矛头"曲尽其妙"，犹张飞性格，似火焰炽烈。在虎牢关、葭萌关和瓦口隘，丈八矛霸气尽展。显示出霹雳神兵的巨大威力。张飞遇害后，它被传至张苞，后者在与东吴会战中直杀得孙权割地求饶。嗣后，它也就光辉不再了）。小时候总爱将小说与历史混为一谈，后来才听说"写（编）书的是骗子，演（说）戏的是疯子，看（听）戏的是傻子"及诸如此类的说法，也就慢慢懂得了一些道理，譬如小说者，小说也，有真实，更有夸张、有虚构。于是我想，也许张飞本不该使蛇矛，而当用板斧，譬如程咬金和李逵。何也？理由很简单，张飞"世居涿郡，颇有庄田，卖酒屠猪"。一个杀猪的，挥舞板斧岂不更顺手?! 况这厮生性鲁莽，不拘小节，抡起板斧砍砍杀杀，岂不更像他者。但转而又想，板斧利于步将。于是，我又对张飞的骑术产生了怀疑，一个杀猪的，何来此等骑术？再转而一想，小说者，小说也。

然而，一如孙猴子，张飞这个人物亦庄亦谐，儿时的我对他情有独钟，他是唯一经常可以"开小差"、不听话的。但他并不傻，甚至可以说他有狡黠的一面。就说他义释严颜、醉诱张郃两节吧，都不是一般二般的聪敏。在那个乱世，仅有一夫之勇或万丈豪情是寸步难行的。我还曾由此及彼，联想到李逵那厮，甚至远在西班牙的桑丘·潘沙。

再说《三国演义》中各色人等在我儿时心目中个个伟大，但真正称得上可爱的为数不多。我说过多次，诸葛亮不是人，他是神。我不明白为什么这个人物具备了所有伟人的优点（就像有人不明白缘何蒲松龄笔下的美丽女鬼爱上的总是书生，而非权贵、商贾），简直神了。但是，他哭周郎的把戏始终不能打动我幼小的心灵。恰恰相反，我将它与刘备的侠义——骗人的把戏联系在一起。他刘玄德无勇无谋，凭啥让关羽、张飞和赵云，当然还有诸葛亮如此这般地效忠于他？此其一。其二是关羽，忠肝义胆得让人无话可说，然他那是曹操眼里的"妇人之仁"，说穿了有点不知轻重好歹。至于曹操，文人骂他，可毛主席不骂他，这是立场问题，正如他告诫郭沫若时所言："劝君少骂秦始皇。"

后来我才明白，文人小说，人文使然。诸葛亮是文人，被倾注文人的人文情怀。正因为如此，《三国演义》并非只有卷首词宣达的看破，它浸润着一般文人的人文精神。由是，它表现人物并不拘于孔孟之道、程朱理学。它还有释道，甚至更多。老实说，在我不变的心中，罗贯中笔下最毋庸置疑、无可挑剔的人物其实只有两个，一是小乔，二是大乔。作者对这对姐妹花着墨不多，却无意间表现出了强烈的反儒道释精神。加之周郎和孙策这么两片由衷而优秀的绿叶衬托（他们的感情对美化人物起到了强烈的化学反应），这对姐妹花简直成了双仙下凡。关键是她们不像诸葛亮，不必为了什么宗室、什么皇叔忍辱负重，惺惺作态。因此，她们是纯粹的，没有像其他诸多女性人物（包括貂蝉）那样被溅满污泥、泼满脏水。我因此不能不想到可怜的潘金莲，那真叫一朵鲜花被迫插在了牛粪上！稍有出轨，她也便成了千古罪人，固非祸国殃民，至少也是祸水，害了武大害西门、害了西门害自己。正所谓"遭人唾弃百年千载，一朝平反尸骨无存"，当然更不知道她魂归何处。真是比窦娥还冤！

再后来有人批《三国演义》，谓它是中华民族劣根性的表征，充满了肮脏的权术和阴谋。呜呼！要那么说，孙子也是个罪人。然而，鲁迅曾极而言之，用两个字概括了所有历史：吃人。批《三国演义》容易，殊不知历史如斯，人心如是！况且经典是历史的产物，我们总不能用当今西方价值的这一个天平判断几百年前的作家作品吧？

## 《水浒》的人物描写

有关梁山英雄的民间传说是《水浒传》的基础，经无数说书人的演绎加工，也便成了这番光景。这是学界共识，但这并不否定施氏贡献。

我姑且先撇开《水浒传》，来看一下四大名著的共性。用最简约明了的话说，四大名著的最大共性或最神奇之处或在人物描写。相形之下，《西游记》最简练，但不仅师徒四人性格迥异，就连天上神仙、地下妖精也一个个"似而不同"。当然，最重要的是师徒四个,唐僧善得几近东郭先生,让人又爱又憎;孙悟空佛心金睛,亦庄亦谐;沙僧宅心仁厚,属于弃恶从善、立地成佛一类人物;八戒则大可与《三国演义》中的张飞、《水浒传》中的李逵相媲美。如拿"佛"字做画解,那么唐僧是前面的单立人;孙悟空和沙僧就像他身边的两竖;而猪八戒则是那个弯弯绕,是说书人和吴承恩时不时可以拿去幽上一默的。且说八戒还真有点农民相,尽管他曾经是天蓬大元帅。这家伙跟张飞和李逵一样,经常出个岔子、闹个笑话,但与后两位不同的是,他对所持之信(比如张飞或李逵的义)不够虔心,多少有些异心,甚至好色贪心,不时地想开个小差。《三国演义》虽源自历史,却不拘于历史,其人物也是个个生活样,心在跳、人在动。然而,作为我国第一部长篇历史小说,《三国演义》的夸张无疑是京剧脸谱的鼻祖之一。它对主要人物的描写均达到了某种极致:谓刘备两耳垂肩,双手过膝;孙权碧眼紫须,生有异相;曹操长髯细眼,身高七尺;孔明八尺之躯,却面如冠玉;周瑜仪容秀丽,英姿勃发;张飞豹头环眼,燕颔虎须;关羽身长九尺,髯长二尺,面如重枣,唇若涂脂……至于性格,那更是表现得出神入化。刘备知人善用,动辄泪如雨下,令人不得不怜、不得不从;孔明运筹帷幄,从容不迫,鞠躬尽瘁,死而后已;关羽智勇双全,义薄云天;张飞勇猛过人,莽中有细;曹操足智多谋,赏罚分明,挟天子以令诸侯,是谓一代"奸雄";孙权深谋远虑,顾全大局,年少万兜鍪,素有凌云志("生子当如孙仲谋"是曹操赞美孙权的名句);《三国演义》诸公虽皆悲剧人物,然以瑜为甚:"既生瑜,何生亮",是谓天问,其与小乔的爱情更乃千古绝唱。相形之下,孔明被神化了,而周瑜却是"雄姿英发,羽扇纶巾"(苏轼语)的人杰。至于《红楼梦》则何啻世态人情画廊!不只是十二金钗一个个美若天仙,但各不相同;府第内外各色人等更是如此!

回到《水浒传》,仅一百单八将就够人做一辈子学问的。话说他们皆"梁山好汉",或谓"贼寇"(就看从什么角度),栩栩如生,简直人如其面、各不相同;尽管他们当头有一个共同的义字。说书人讲《水浒》,讲得最多的是豹子头林冲、花和尚鲁智深、行者武松、及时雨宋江、黑旋风李逵,抑或还有青面兽杨志、浪子燕青,等等。燕青是我小时候最喜欢的人物之一,他最出彩的是谦逊忠诚;虽说绰号浪子,然机敏而老实、倜傥而矜持。他与御妓李师师的艳遇发乎情、止乎礼(或大义兼小义),令人感动。我最不喜欢的人物是宋江和林冲。这是因为施耐庵的价值取向很明显,首先是他对宋江这个人物颇有保留。小押司施点小钱、行点"方便",居然收买了许多豪杰,且有了"及时雨"的美名。然他何德何能,竟令众英雄慕名而归、"生死相许"?谋招安简直使我等咬牙切齿!其次是林冲优柔寡断的性格也多少令人唏嘘、不以为然。武松身手不凡、勇武过人自不在话下,说他仁义也不为过,但我总觉得他对潘金莲太绝情。说他念在叔嫂关系拒绝爱情固可,说他真君子坐怀不乱也好,然无论如何,他都不应该对潘金莲这么一个可怜的女子如此不留情面,以至于她最终红杏出墙。他完全可以用更智慧、更委婉的方法,譬如逃之夭夭,给人一点余地、一点尊严、一点希望。当然，这是我小时候的天真想法，也算是一种怜香惜玉吧。诚然，孔孟之道、程朱理学在那儿呢，潘金莲怪不得施耐庵，也怪不得武松，怪只怪她生不逢时。还有李逵，杀人如砍瓜切菜，颇让人想起"9·11"，从而怀疑革命与恐怖主义的界限。总之，《水浒》人物不论着墨多寡，几乎个个出彩。女性也不都是潘金莲那样的冤魂、阎婆惜那样的祸水，或者顾大嫂、孙二娘那样的悍妇。一丈青就很是可爱，有勇有谋、才貌双全，为人为事颇有见识，只不过一个义字将她这朵鲜花插在了牛粪上。这未免夸张，并让人唏嘘之余更加不屑一顾为了所谓的承诺而乱点鸳鸯谱的宋江其人。

再说《水浒传》和《三国演义》一样，不断成为批判的对象。概而括之，一曰满篇权术，二曰文皆盗义。这是免不了的。首先，它们远非十全十美，谋篇布局相当任意，甚至可谓虎头蛇尾，几个人物占去大半篇幅，厚此薄彼所在皆是；其次，它们是时代的产物，自然具有时代所赋予的诸多问题，而今人则往往用现代眼光加以苛责，甚至拿现代西方人道主义大肆鞭笞。这不仅缺乏起码的历史观，而且无视草根的基本诉求。当然，鲁迅说得在理："'侠'字渐消，强盗起了，但也是侠之流，他们的旗帜是'替天行道'。他们所反对的是奸臣，不是天子，他们所打劫的是平民，不是将相。李逵劫法场时，抢起板斧来排头砍去，而所砍的是看客。一部《水浒》，说得很分明：因为不反对天子，所以大军一到，便受招安，替国家打别的强盗——不'替天行道'的强盗去了。终于是奴才。"毛主席则说得更为明确，他说：

"《水浒》这部书,好就好在投降。做反面教材,使人民都知道投降派。"毛主席还说:"《水浒》只反贪官,不反皇帝。屏晁盖于一百○八人之外。宋江投降,搞修正主义,把晁的聚义厅改为忠义堂,让人招安了。宋江同高俅的斗争,是地主阶级内部这一派反对那一派的斗争。宋江投降了,就去打方腊。"

然而,无论如何,《水浒》人物令人过目不忘的事实足以让今天的作家感到汗颜,尽管后者有意无意地不再那么关注人物,甚至轻视了人物的塑造。这是历史的过错。文学走到今天,其各色人物从蹒跚学步到长大成人,及至老去……

在西方,亚里士多德曾经十分关心人物的作用,他在《诗学》中将情节界定为悲剧(和史诗)的首要因素,而情节也即人物行为过程。诗(文学)的崇高和庄严都必须通过人物得以呈现。嗣后,达·芬奇作为文艺复兴运动的代表,同样视人物为一切艺术的灵魂,并认为"人物的形态和表情应表现人物的内心"。19 世纪,恩格斯在总结批判现实主义文学时提出了"典型环境中的典型性格"的著名论断。20 世纪,高尔基又将文学命名为"人学"。人物塑造从天神压迫或提携下的"孩子"慢慢成长,直至出落成文艺复兴运动和 19 世纪的"真正的人""大写的人",比如堂吉诃德、哈姆雷特、鲁滨逊、简·爱、冉·阿让、安娜·卡列尼娜,等等。即使是吝啬鬼,如夏洛克(《威尼斯商人》)、阿巴贡(《吝啬鬼》)、葛朗台(《欧也妮·葛朗台》)和泼留希金(《死魂灵》),也各有各的吝啬。

但是好景不长,现代主义很快放弃了人的塑造,于是变形和抽象取代了入木三分的精雕细刻。这是有原因的,我在别处说过,这里就不重复了。需要添足的是关于李逵做官,因为它使我想到了桑丘。后者也是个地道的农民,他跟随堂吉诃德,就像李逵追随宋江、张飞结义刘备。有趣的是。他俩做官都是一场游戏。在坐堂一节中,作者拿李逵当笑柄,好生嘲笑了一通,读者则从中提炼出歇后语,谓"李逵断案——强者有理"。桑丘固然扮演了木偶一样的角色,却无意中显示了愚钝的反面:机敏。

末了,再说刘再复先生的《双典批判》。它并非没有道理,但更有攻其一点不及其余之嫌。它所谓的劣根性如权谋和杀戮以及大男子主义,其实是从现代人道主义和女权思想切入的。想想西方中世纪,女人的地位还不如我们古代,一个妻子只要被丈夫怀疑,便可能遭乱石砸死。至于权谋,美国人不搞吗? 单说近前,"冷战"至今,白宫对我国的权谋就从未停歇。当然,李逵之流抡起板斧,滥杀无辜也是书中津津乐道的"事实"。那么美国谎称萨达姆拥有大规模杀伤性武器,进而大开杀戒,令伊拉克生灵涂炭,又作何论? 讲人道主义是应该的,但不能拔起萝卜不带泥,罔顾基本的历史语境。再说"女人是祸水"固然不符合现代价值、现代审美,且有失人道,但那也是封建糟粕的一部分。况且,《水浒传》和《三国演义》中最无可挑剔的人物既不是多少有些"夫子自道"的孔明,亦非公瑾和孙仲谋,而是一丈青扈三娘和二乔(即大乔和小乔)。当然,像貂蝉和阎婆惜那样的女人,乃不绝族类,古今中外,概莫能外。尤其是貂蝉，孰是孰非还真不是简单的一个糟或好字可以涵盖。

## 不可续的《红楼》

前不久，《红楼梦》又被英国媒体的一项抽样调查选为"最难读"的文学作品，而且名列榜首。紧随其后的是《尤利西斯》和《百年孤独》。说后两者难读难懂情有可原，盖因乔伊斯原本就没想让人轻易读懂，而马尔克斯那没完没了的魔幻也着实令人目眩。可《红楼梦》是写人情世故的（用冰心的话说是家长里短、儿女情长），再加一点释道与儒的纠葛，有文化的人不应该读不懂它，除非你太不了解中国。

说到了解，我倒是真遇到过不少把中国想象成"远古国"或"外星国"的。想当初我有幸跻身于"文革"后第一拨留学生，稀里糊涂地出了国。经法国，再到美国，而后还到了墨西哥。一路上着实招来了不少老外的好奇目光，甚至有老外问到中国女人还裹不裹脚，我们的头发是否因出国才被迫剪掉的。诸如此类，不一而足。至于《红楼梦》，知晓者少之又少，读过一点的更是凤毛麟角。倒是有一些读书人知道老子、孔子、李白、杜甫和《金瓶梅》《聊斋志异》的，再就是左翼知识分子大抵都知道毛泽东和红卫兵。

当然，也有博尔赫斯那样的蠹书虫。他老先生不仅知道嬴政母亲那一出，而且确实通读过《红楼梦》。他在《长城和书》中说秦始皇筑长城、焚书坑儒是为了从空间和时间双重意义上阻断历史,使自己获得永生。他还说《红楼梦》是一部幻想小说,而其中令人绝望的细节和逼真只不过是为了使幻想变得更为可信而已。照他这么一说,这幻想也太"酷"了点儿。首先,《红楼梦》基本不写好人,这姑且可以看作"梦中人"林黛玉林妹妹的了悟吧。既无好人,哪来好事? 即或有之,那也是暂时的,是无数悲剧叠加的诱因。说到悲剧,王国维拿叔本华的悲剧理论评论《红楼梦》是有道理的。在他之前,梁启超也曾说到一个悲字,谓《红楼梦》《水浒传》有余悲,有余怒,有浸力(他曾用"熏、浸、刺、提"四字对应孔子的"兴、观、群、怨")。且说王国维则完全用悲剧理论解析《红楼梦》,第一章援引老庄思想,即"人之大患,在我有身","大块载我以形,劳我以生"。第二章颇具佛教精神,谓玉即欲,也即痛苦(让人想起"色即是空,空即是色"),《红楼梦》意在解脱,艺术之务在写人生之苦难及其解脱之道。第三章写叔本华的悲剧三分法:恶人作祟、命运作弄、人自作怪(或曰人际关系),《红楼梦》属第三种。第四章写《红楼梦》的伦理价值,谓世界各大宗教均意在解脱,《红楼梦》也一样,而且它的伦理价值恰恰在于摆脱一切伦理束缚。虽然蔡元培用"索隐三法"看到了《红楼梦》的政治:宝玉即胤礽,"石头记者,康熙朝政治小说也",意在反清复明。而胡适却从另一个角度"考证"了曹雪芹"自传"说。他的考证法为周汝昌等后来者所推崇。但《红楼梦》的悲剧说一直没有遭遇强大的反驳,尤其是看了高鹗的续(姑且不说他是狗尾续貂吧)。当然,《红楼梦》也不尽是悲剧。首先,《红楼梦》的丰富性提供了不同的读法,用鲁迅的话说,"经学家看见《易》,道学家看见淫,才子看见缠绵,革命家看见排满,流言家看见宫闱秘事"。其次,刘姥姥搞笑不可谓不喜剧。正因为如此,金克木先生认为刘姥姥在大观园的所作所为不合情理,这反证了我的判断:曹雪芹有意搞笑,同时又借此获得了陌生化效果。这虽然有些不合情理,但宝钗的圆熟、黛玉的才情也有些不合情理。然她们是天仙下凡,自然与常人不同。但既与常人不同,她们又缘何处处为人情世故所累,不能自拔。这就怪不得俞平伯先生要说《红楼梦》不可续了。倘使八十回打住,那么后面的结果就不是这个结果了,它应该是开放的,是没有结果的结果;似梦非梦。那样一来,作品的情理也便十分圆合,内在逻辑也便更加严谨了。不过那样一来,老外恐怕更读不懂它喽。

然而,大多数读者依然喜欢看到结果,无论它是悲剧还是喜剧式大团圆。至于《红楼梦》最出彩的人物描写,则信手拈来,个个出彩!一个焦大、一个薛蟠,或者一个平儿、一个晴雯……遑论十二金钗!总之,书中随便哪个都够人瞧的。诚然,我自小觉得唯有一个人物不太可信,那便是秦可卿。若说她是天仙下凡,却何以委曲求全,既受辱又自悔,难道仅为诲宝玉云雨之事、喻凤姐家破之祸?这么一位兼有宝钗之惠、黛玉之美,鲜艳妩媚、婀娜多姿的"妥帖之人"(贾母最中意之人),竟又是"情天情海幻情身,情既相逢必主淫"的角色。何也?倘非神差,及彼先见,她必是古来第一淫妇,大小通吃,淫得够乱;然神差者,包括《红楼梦》中诸人的"在天之灵"乃曹雪芹"假作真时真亦假,无为有处有还无"的写照,也是他老人家虚虚实实、神来之笔的显证。

回到阅读印象,则儿时的《红楼梦》是热闹的、好玩的,譬如其中的神话故事,还有跛足道人的"癫"、焦大的"闹"、宝玉的"疯"、刘姥姥的"傻",同时还有作为反差的宝钗的"乖"。少年老成,叛逆成瘾,便不再认同道统了,甚至对黛玉的"小心眼"开始持理解和包容。随着年龄的增长,作品的选择也益发丰饶起来,于是社会问题、哲学问题,以及人生思考取代了简单的偏爱,于是人物关系变得复杂而立体。犹如风月宝鉴,我们学会了凡事并看两面,甚至多面。我们在《红楼梦》中看到了自己和自己的心智、情感、审美,等等。世上少有文学作品能够如此丰富,如此老少咸宜,而且每读不同,百读不厌。也罕有作品可以无关秩序,任意翻阅,且每每阅有所得、读有所悟。我们完全可以将它当诗来吟,也可以视之为长篇散文,甚至警句格言的大集汇,但同时它又是这么鲜灵、这么奇崛、这么美妙! 真真假假,虚虚实实,曹公是故意书不尽言,我等更是言不尽意。

# IX　来自天使手中的玫瑰

——阅读经典的人生

托马斯·曼在逃离纳粹德国、登上前往新大陆的邮轮时，忽然想起了那个著名的问题：如果将你送到一座荒岛，且只许你带一件物品，你会选择什么？而当时曼的手提箱里除了少量衣物，仅有一套德文版《堂吉诃德》。

那是 1938 年的春天，《堂吉诃德》陪伴了曼的整个航程。最后，他在日记里这样写道："3 月 29 日：我梦见了堂吉诃德。他是活生生的一个人，数日里和我促膝长谈……他和我一样谦恭友善，而且充满了难以名状的热情。于是我想起了昨天的阅读：'我已经不是从前的堂吉诃德·德·拉曼恰了，我现在是好人、善人阿隆索·吉哈诺，在家受人尊敬，外出也人见人爱。'于是，无限的悲痛和怜悯、崇敬和思恋在我心中油然而生……有一种传统，它非常欧洲，那就是怀旧……然而，透过晨雾，眼前渐渐浮现出曼哈顿的高楼大厦。那是一抹神奇的殖民地风景，耸立着一座高塔入云的伟大城市。"

## 培养童年的味蕾

据曼回忆，《堂吉诃德》是他童年接触到的第一部印象深刻的文学作品。我想，他极有可能是受了德国浪漫派的影响。用海涅的话说，"塞万提斯、莎士比亚、歌德成了三头统治，在叙事、戏剧、抒情这三类创作里个个登峰造极……"是的，一开始读什么非常重要，因为它关系到能否使孩子从小喜爱经典，然后渐成习惯。无论做什么，一旦成为习惯，也便成了生命的有机组成部分。"曾经沧海难为水，除却巫山不是云。"因此，欲使孩子喜欢阅读，就必先让他们亲近文学，而且最好是文学经典。用塞万提斯的话说，"读什么书，成什么人"[①]。经典阅读的确可以培养气质，我们古人管这叫"书卷气"。

事实是，曼一发而不可收，并终究激发、成就了他的天才。我唯一不敢苟同的是他关于怀旧的指涉。我以为怀旧同样非常中国，并且是人类共通的情状。尤其是在中国，怀旧与土地、乡情关联，盖因中华民族历经几千年农耕社会而繁衍至今。用故友柏杨先生的话说，世界上找不到第二个民族像我们这样依

---

① 叔本华的至理名言是：好书让人变好，坏书使人变坏。这和塞万提斯之谓如出一辙。

恋故土的。是啊，从隆古的谣曲到唐诗宋词，我们最美的篇章莫过于思乡怀旧之作。"昔我往矣，杨柳依依；今我来思，雨雪霏霏"（《诗经》）；"举头望明月，低头思故乡"（李白）；"露从今夜白，月是故乡明"（杜甫）；"晨起动征铎，客行悲故乡"（温庭筠），等等，等等，延绵不绝，精美绝伦。

回到我们的问题：为什么需要文学。答案可有多种，用时下年轻人的话说或有 N 种也未可知；但任何一种也许都只是我们所能想见的关乎文学的冰山一角。

而我，为了回答这个既古老又常新的问题，不仅想起了曼所想起的问题，并且开启了童年的记忆，因为它也非常文学。

我生于紧邻"三味书屋"的一片老宅，老宅中间有一座八角亭。由于鲁迅的影响，那老宅几易其主、几经改造，早已人是物非，没了过去的模样。加之从百草园至大禹陵，绍兴虽小，却出过或居住过无数名士骚客，其中既有铮铮铁骨，也不乏圆滑师爷。子曰"见贤思齐"，面对古来圣贤，我等难免自惭形秽。但好处也是明摆着的。作为绍兴人，从小耳濡目染，许多文人墨客的美丽传说无意间化作精神之氧，汇入血脉，真善美、假恶丑不相杂厕。勾践卧薪尝胆，范蠡功成而退，文种视死如归，西施忍辱负重，再加上子胥的刚正不阿、夫差的贪色忘义、伯嚭的奸宄叛国，那是何等惊心动魄的历史剧啊！还有陆游与唐婉的千古情缘，兀自于沈园化作美丽的神话。"错，错，错""莫，莫，莫"，多么哀婉动人！又或者徐渭的故事。且说怪才徐文长桀骜不驯，茕茕孑立，其所言所行无不被京剧脸谱似的一笔笔勾描、一点点夸大，最终远离了本真,成为传奇。它们活像时下的许多网络段子,谐中有黠,黠中有义,堪称民间文学的一个微缩。倘使将其同《笑林》或《笑林广记》或广义的喜剧联系在一起,那么文学对道统的某种颠覆性便难免令人敬畏。与此同时,从王充、谢安、嵇康、谢道韫到王羲之、王阳明、秋瑾、蔡元培,可谓故事多多,难以尽述。

然而,我想说的是,读书犹如饮食,从小培养的味蕾其实会伴随人的一生。试想,我等自小吃泡饭、菜蔬,鲜有荤腥入口,长大后对西餐,尤其是奶酪之类的抗拒就非常顽固。留学期间,虽然嘴里不说,但我心里明白,童年味蕾的记忆使我这辈子都不会喜欢洋人的奶酪了。呵呵,谁稀罕动他们的奶酪呢?!同样,孩时家国贫困,咱新鲜豆腐都吃不上,又怎会让它发酵变臭?!于是,目下遍地开花的臭豆腐我也从来不碰。当然,这不能一概而论。人之不同,犹如其面;即使性之相近,也还有习之相远、尚之相异。

由此及彼,我始终认为阅读的习惯也是从小养成的。而文学阅读无疑是培养孩子阅读习惯的最佳门径。这是由文学的特殊性所决定的(或可谓文学的最大好处之一):集形象性或生动性、趣味性或审美性于一身。古今中外,鲜有孩子不喜欢听故事的。人们从听故事,到读故事,再到写故事和讲故事,这是文学赖以存在的根本原因和现实理由。若非要将人的心智分作情商和智商,那么文艺显然是人类情商的最高体现。2016年,适逢汤显祖和莎士比亚、塞万提斯逝世四百周年,文化部、国家图书馆等单位举办了一系列活动,旨在纪念伟大先贤,推动全民阅读。就参加的几场讲座而言,所见所闻着实令我唏嘘了好一阵子。首先,参加活动的听众或观众多为离退休老人和已晋父母的中年男女。归类并包,他们的问题几乎只有两个:怎么才能让孩子喜欢读书,以及孩子们该读什么样的书。可见他们所来所往十分明确:为了孩子。

我当时趁势借用了塞万提斯的一句名言:读什么书,成什么人。大意如此。至于如何培养孩子的阅读习惯,我认为没有比阅读文学作品,尤其是文学经典更有效的了。除却前面提到的两大特性,它们潜移默化、润物无声的教化功能也是任何其他书籍所无法比肩的。相形之下,目下充斥的电子游戏和网络快餐其实非常不利于儿童阅读习惯的养成。且不说前者所赋予的感官刺激妨碍儿童亲近相对"枯燥"(有时还比较"冗长")的文字,即使比较严肃的影视作品也因其不可避免的单向度定格特征而对阅读(文字)的巨大张力产生制约作用。这里还有心理学层面上的先入为主。比方说,《红楼梦》中人林黛玉,影视作品给出的只能是陈晓旭或张晓旭、李晓旭,而绛珠仙子在我等蠹书虫的心目中却是说不尽的。恰如后结构主义所夸张的意义延宕或延异。这是语言文学特有的想象力熵值:越是经典,其想象空间越大,熵值越高。莎士比亚之所以说不尽,也是因为"一千个读者,就会有一千个哈姆雷特"。

## 点燃青年的热情

在国外,较之《红楼梦》,《聊斋志异》无疑拥有更多读者。

在这些读者中,青少年大多将女鬼的故事视为恐怖小说。问题是,他们怎么也想不通,为什么女鬼总是爱上书生。哈哈,其实道理很简单,因为写书说书的大都是书生。这有点像脑筋急转弯。但若非要将简单的问题复杂化,那么围绕这个做几篇博士论文也未尝不可。

倘说儿童的共同特点是不把游戏当游戏,不把故事当故事(虽为虚构,却非常真实。富恩特斯借矛盾修辞,谓此乃"真实的谎言")。所谓戏时"郎骑竹马来,绕床弄青梅;同居长干里,两小无嫌猜"(李白);学则"幼是定基,少是勤学"(洪应明),否则必然白首方悔读书迟,空悲切。

说到悲切,当下最令人忧心的依然是读书习惯的缺失和读什么书的问题。青少年固然精力充沛,求知欲旺盛,好奇心强烈,正是读书的好时候;但应考、恋爱及各种难违之约、难却之情也纷至沓来,每每令其应接不暇。然而,起决定作用的永远是主观因素。我们同时间的关系永远是零和博弈。即使童年的味蕾、童年的习惯已经形成,倘使荒废精力、远离书本,那么也肯定只能"少壮不努力,老大徒伤悲"了。

关键在于,少年易学老难成。人活一生,草长一春,人不能事事躬亲、处处躬亲,而文学所能提供的生命情景和生活体验却几近无限:激发彼时彼地鲜活存在的无尽想象,其审美和认知价值无与伦比。这自然也是文学的一大好处。至于青少年火一般的热情,大可推动社会变革与进步,使各项事业蒸蒸日上;小可用想象"点燃未来的万家灯火"(泰戈尔),或"让小鸟在彩虹上筑巢"（维多夫罗）。

此外，文学不仅是审美对象、认知方式或载道工具，它也是民族的记忆平台，蕴藉了太多的集体无意识，因此还是民族文化及其核心价值观的重要体现。这就牵涉到语言文学与民族之间那难分难解的亲缘关系。正因为如此，第二次世界大战以后，当有人问及丘吉尔，莎士比亚和印度孰轻孰重时，他说如果非要在两者之间做出选择，那么他宁要莎士比亚，不要印度。当然，他这是从卡莱尔那里学来的，用以指涉文学的重要、传统的重要。而语言文学永远是一个民族所能传承的最大传统，也是其向心力和认同感的重要基础。

当然，文学的力量并不局限于本民族。曾几何时，奥斯特洛夫斯基的一部《钢铁是怎样炼成的》使无数中华热血青年放弃优越的生活奔赴延安，奔赴抗日战场。问题是时移世易，如今连自家的四大名著都上了"死活读不下去"的榜单：《红楼梦》位列榜首。《西游记》被大话戏说，《三国演义》和《水浒传》横遭批判（见刘再复的《双典批判》）。屈原、杜甫、岳飞以及鲁郭茅、巴老曹的地位急剧下降。鸣呼！还剩下什么？张爱玲、徐志摩、周作人、废名、穆时英吗？后者并非一无是处，但若置于彼时彼地、历史语境，那么孰重孰轻不言自明。而目前剥离历史情境，攻其一点不及其余似乎渐成时尚。鸣呼哀哉！

与此同时，文学是多维的，它既可以是柏拉图式的否定性想象，也可以是巴尔扎克式的历史书记；既可以像卡夫卡、博尔赫斯那样哲学化，也可以像乔伊斯那样让你啃去吧！不过作为读者,我们尽可以取舍由己,俯仰任意。谁叫文学是一座摸不着边际的冰山呢?我想海明威在言说冰山理论时,他是极其谦恭的。这理应是所有文学读者、作者、译者和学者(尤其是学者)应有的态度。加西亚·马尔克斯在创作《百年孤独》之前,做了多年谦恭的读者、记者、学者和编剧。他服膺于《圣经》,服膺于索福克勒斯,服膺于塞万提斯,服膺于19世纪经典作家,服膺于他的启蒙文学《一千零一夜》,并被鲁尔福所震慑、所折服,如是由衷地感喟:所有拉美作家其实都在奋力写作自己的《圣经》、民族的《圣经》、拉美的《圣经》,只是角度和细节有所不同而已。而我们作为中国读者,中国作者,中国译者,中国学者,也只是文学这座巨大冰山的点乩或点缀。用博尔赫斯的话说,每一种阅读,每一种书籍,都是沙堆中的一粒。甲连乙,乙连丙,循环往复,没完没了。而文学①是大脑和心灵的最好延伸,就像汽车、轮船和飞机是腿脚的延伸,枪炮、机床、吊车是胳膊的延伸。

再则,文学的确又是"无用之用",它一不能吃,二不能穿,三不能住,唯一的好处是茶余饭后聊可平衡道器。该出手时学堂吉诃德,该犹疑时学哈姆雷特。诚然,说到平衡道器,又不免有一个用字,或者拿悲剧医治哀伤、用喜剧自嘲嘲人;又或者陶熔诱掖、熏浸刺提,却难以立竿见影。至于能否兴观

---

① 当然是大写的文学,大写的书籍,盖因我们的古人用"文"涵括所有的书写,是谓"观乎天文以察时变,观乎人文以化成天下"(《易经》)。如今,随着电脑和人工智能的发展,脑在无线延伸,但心却未必。

群怨,则更要看才华、积累和(话语)力量。再说得功利一点,文学还是民族文字的土壤和硕果,而文字无疑是民族文化的最大传统。其对人类的贡献,大是脱蒙,小谓脱盲。而民族的所有经典,譬如我们的经史子集,皆应中文而在,皆应文学而美。

且说读书的习惯一旦养成,必定终身受益。就各国阅读数量而言,位居前列的以色列便是文学"消费"大国。文学经典老少咸宜,尤其对于阅历较浅的青少年,上可修心明德,中可增才添华,下可消磨时光,权作怡情雅趣或者"心灵鸡汤"。好在青年"像早晨八九点钟的太阳",朝气蓬勃,热情四射,希望无限。正所谓"江山代有才人出",但有才之人毕竟是少数,是那些有理想、有抱负,而且有毅力、有准备的极少数人;并非所有青少年皆可成才,遑论坐享其成。天上掉不下馅饼来,设若掉得下来,也得起早去捡啊!古人云,勤可补拙,勤可补阙,青春读书犹未为晚。想人家萨拉马戈三十岁爱上文学,而后大量阅读,六十岁开始写作,再而后一不小心捧得诺贝尔奖;尽管诺贝尔奖不是衡量文学的标准,更非唯一的标准。反之,爱因斯坦从小喜欢文学,但最终却选择了科学,并视科学为文学的姐妹。可惜他没有认真讨论过文学同科学的关系,倒是在谈论宗教与科学时不经意捎上了文学。他对宗教信仰进行了大而化之的分类与比照,称原始宗教为"恐惧宗教"(神话传说何尝不是恐惧文学?),即人们因惧生教、因骇信教。这与我国古人所谓的"幻由心生"是一致的,而且符合马克思主义关于宗教以及文学

（神话）起源的言说。同时，爱因斯坦认为第二类宗教是"道德宗教"，即人们出于心灵慰藉或终极关怀而催生的信仰（文学何尝不是如此？）。尊重起见或基于抚慰的需要，许多科学家即或不信上帝，也会予以搁置（这也是中国化马克思主义对宗教问题的处理，共产党人不信教，却允许党外人士信仰自由）。第三类显然是爱因斯坦真诚拥抱的"宇宙宗教"，那是物质和精神、自我和万物的双重或双向求索，它服从于人类广义的艺术和科学精神，是源远流长的"爱智"思想在现代与未来的延展。它体现了哲学、文学或科学本体论及"我是谁""从哪里来""到哪里去"等既向内又向外的无限诘问与探询。后者是由画家高更最先提出的，它非常哲学，也非常文学。它被习总书记引申为"我是谁""为了谁"，从而擢升到了更高的境界，一如将王国维治学三论引申为了共产主义信仰三境界。

## 付出壮年的反哺

成年是收获的季节，但更是付出的季节，你得给别人讲故事了。[①] 于是，"书到用时方恨少"，麻烦来了。

就我从事的这个行当而言，作家固可在年轻时一举成名，

---

① "四十不惑""五十而知天命"。这固然不是颠扑不破的真理，但肯定是个高概率的事儿，体现了孔子的智慧。成年人，不再因热忱而冲动，也不再因偏好而盲目；既能兼容并包，又能有所取舍；凡事虽有主见，却并看多面，身心累并丰富着。

创作出划时代的"这一个""那一部",但学者很难做到这一点。这是因为学术较之创作更具意识形态色彩,也更受制于上层建筑,故而需要更多的阅历和读书等多重积累。天赋固然重要,但学术研究不可能脱离研究对象及其创作肌理、生活环境和文学景态,后三者均可无限延伸至学术史和社会史维度。因此,任何一个课题,都够你恶补一阵子的。随便举个例子,譬如《红楼梦》,你想稍稍靠近它,起码得知道它在乾隆年间还是"诲淫诲盗"之作,自然入不得《四库全书》这等封建王朝的经典谱系(除却诗,实际上戏剧和小说分别被称作优伶之术和稗官野史,不登大雅。尤其是小说,一直要到维新变法才开始获得正名①;循着"维新变法"的滥觞和"五四"新文化运动大潮,它才拂去历史落下的尘埃;而且经由梁启超、王国维、蔡元培、胡适等,开启了经典化过程。

说到经典。我知道这又是个说不清、道不明的课题。卡尔维诺(《为什么读经典》)说了经典的许多好处,却始终没有明确指认何为经典。自然,反过来说,经典的好处本身成就了经典,譬如它可资反复阅读,它具有多重乃至无限的阐释空间,它可能进入我们的集体无意识,等等。而我想补充的是:一、经典是现时的,也是历史的,但主要是现时的;二、经典是民族的,也是世界的,但主要是民族的。

---

①　梁启超在《论小说与群治之关系》中指出:"欲新一国之民,不可不先新一国之小说。故欲新道德,必新小说;欲新宗教,必新小说;欲新政治,必新小说;欲新风俗,必新小说;欲新学艺,必新小说;乃至欲新人心、欲新人格,必新小说。"

先说第一点。有关证据多多,譬如近现代西方的文艺复兴运动和浪漫主义思潮。文艺复兴运动是一次经典重估,浪漫主义思潮亦然。前者凭借阿拉伯"百年翻译运动"和新柏拉图主义对喜剧的拥抱,颠覆了在古希腊-罗马占主导地位的亚里士多德主义。于是,酒神精神使喜剧成为文艺复兴运动的首要体裁,而宗教神学的广厦在成千上万喜剧观众的嘎嘎笑声中轰然坍塌。但浪漫主义对悲剧和新亚里士多德主义的青睐再一次改变了文学的发展向度,悲剧精神被再次唤醒,莎士比亚悲剧、塞万提斯小说被重新发现并定于一尊。后来的现代主义、后现代主义固然更为复杂,但文学这个由文与学组成的偏正结构犹如一枚钱币的两面,一而二、二而一,孰因孰果通常很难截然区分。都说20世纪是批评的世纪,但实际上文学创作同样风起云涌,相对的绝对性(如客观真理)被绝对的相对性所取代。于是,人们言必称模糊,言必称不确定。于是,颠覆了庄严,消解了崇高。这对谁有利呢?也许是资本吧。谁吆喝得响,谁手里有钱,谁就是文坛老大。于是,文坛变成了证券市场。

总之,尽管鲁迅称文学最不势利,而且他对东欧作家的情有独钟证明了自己的说法,但时有偏侧,人有好恶。随着浪漫主义理想的破灭,19世纪的现实主义作家将矛头指向了资本(就像大司铎鲁伊斯和莎士比亚对金钱的口诛笔伐)。巴尔扎克堪称其中的佼佼者,马克思、恩格斯对他褒奖有加。恩格斯在评价巴尔扎克时,将现实主义定格在了典型环境中的典型性格。这个典型环境已经不是启蒙时代的封建法国,而是资产阶级登上历史舞台以后的"自由竞争"(马克思语)。这时,资本起到了决定性的作用。在此,我们不能以简单的反本质主义否定事物的基本属性、社会的基本状态和历史发展趋势。在《致玛·哈克奈斯》的信中,恩格斯批评这位工人作家说:"我决不是责备您没有写出一部直截了当的社会主义的小说,一部像我们德国人所说的'倾向小说',来鼓吹作者的社会观点和政治观点,我的意思决不是这样。作者的见解愈隐蔽,对艺术作品来说就愈好。"这是就马克思所说的"席勒式"和"莎士比亚化"所言的。恩格斯同时指出,"我所指的现实主义甚至可以违背作者的见解而表露出来",那便是巴尔扎克的"现实主义的最伟大胜利之一":"他的伟大的作品是对上流社会必然崩溃的一曲无尽的挽歌……而他经常毫不掩饰地加以赞赏的人物,却正是他政治上的死对头……这样,巴尔扎克不得不违反自己的阶级同情和政治偏见;他看到了他心爱的贵族们灭亡的必然性,从而把他们描写成不配有更好命运的人。"恩格斯所说的这些人就是第一和第二等级,而第三等级则是资产阶级及其代表的"人民群众"。较之法国封建贵族,资产阶级的确代表了更为广泛的人民群众,这也是资产阶级革命成功的保证。

但是,近一个时期巴尔扎克被悄无声息地边缘化了。和巴尔扎克一样,托尔斯泰在我国的命运同样堪忧。究其原因,除了西方所谓的意识形态"淡化",恐怕还有我们的自我放逐和盲目(与西方)趋同、向资本投降,等等。

　　且说列宁对列夫·托尔斯泰的褒奖具有鲜明的国家意识和阶级立场。套用恩格斯的话说，那是因为他看到了托尔斯泰的现实主义的胜利。在《列夫·托尔斯泰是俄国革命的镜子》一文中，列宁认为托尔斯泰表现了俄国革命的特点。因此，他的矛盾是俄国农民的矛盾。由此，列宁称托尔斯泰是伟大的、清醒的现实主义者。

　　再说第二点。譬如前面说到的《红楼梦》，它的经典化过程是在 20 世纪初完成的，且远未成为世界经典。这多少与国家的实力和影响力有关。在外文所邀请的多位诺贝尔文学奖获得者中，唯邻近的大江健三郎通读过它，余下各位几乎浑然不知其为何物。而目前我们心目中的经典，也是混沌一片。粗略区分，大概有两类。一类受苏联影响，不可谓不重要；另一类是受了西方的影响，或者说别人的送来加上我们的拿来。当然，这其中会有交叉。但问题在于我们尚未建立起真正属于自己和自己需要的经典谱系。这个谱系应该成为我国话语体系和价值体系的组成部分，甚至说基石也不为过。它设若有过，也早已支离破碎、边界荡然，不能适应时代的要求了。这里既有对外开放之因，也有价值观发散之果，反之亦然。笼统一个是非好坏断然不能厘清其中利弊。需要说明的是，别人的宝贝未必同样是我们的宝贝，别人送来的也未必是我们需要的。这就像美洲印第安寓言所说的，你把渔民的小船搬到自家山区的屋顶供起来，只会压垮茅屋；非特无益，反受其害。而作为马克思主义中国化的最早表征，"实事求是"便是青年毛泽东从岳麓书院朱熹匾（题词）采撷的。可见思想可以融会贯通，可以"古为今用，洋为中用"；文学亦如此。关键在一个化字。且说拉美的寻根运动催生了我国的寻根文学；而魔幻现实主义对莫言来说，其最大的功用或许是让他重新回到了民族传统，回到了"俺们的老乡"蒲松龄及形形色色的街头艺人（主要是说书人或"游吟诗人"）。

　　此外，世界文学一路走来，也确有自己的一些规律。童年的神话、少年的史诗、青年的戏剧（一说抒情诗）、中年的小说、老年的传记（一说回忆录）是一种规律；由高向低、由强至弱、由大到小等，也不失为是一种轨辙。当然，这些并不能涵盖文学的复杂性和丰富性。事实上，认知与价值、审美与方法等的背反或迎合、持守或规避所在皆是。况且，无论"六经注我"还是"我注六经"，入乎其内还是出乎其外，都很难简单界定。盖因经典是说不尽的，这也是由时代社会和经典本身的复杂性和丰富性所决定的。

　　话说世界文学由高向低，一路沉降，形而上形态逐渐被形而下倾向所取代。倘以古代文学和当代写作所构成的鲜明反差为两极，神话自不必说，东西方史诗也无不传达出天人合一或神人共存的特点，其显著倾向便是先民对神、天、道的想象和尊崇；然而，随着人类自身的发达，尤其是在人本取代神本之后，人性的解放以几乎不可逆转的速度使文学完成了自上而下、由高向低的垂直降落。如今，世界文学普遍显示出形而下特征，以至于物主义和身体写作愈演愈烈。以法国新小说为代表的纯物主义和以当今中国为代表的下半身指涉无疑是这方面的显证。前者有罗伯-葛里耶的作品。他说过,"我们必须努力构造一个更坚实、更直观的世界,而不是那个'意义'(心理学的、社会的和功能的)世界。首先让物体和姿态按它们的在场确定自己,让这个在场继续战胜任何试图以一个指意系统——指涉情感的、社会学的、弗洛伊德的或形而上学的意义——把它关闭在其中的解释理论。"与此相对应,近二十年中国小说(乃至一般大众文艺)的庸俗化趋势和下半身指向一发而不可收。如是,从模仿到独白、从反映到窥隐、从典型到畸形、从审美到审丑、从载道到自慰、从崇高到渺小、从庄严到调笑……"阿喀琉斯的愤怒"变成了麦田里的脏话;"路漫漫其修远今,吾将上下而求索"变成了"我做的馅饼是世界上最好吃的"诸如此类,于 20 世纪末化合成形形色色的后现代形态。而后现代文学的出现客观上顺应了跨国资本主义极端个人主义的推演与发散("人权高于主权"便是其典型论调)。是谓下现实主义。

由外而内是指文学的叙述范式如何从外部转向内心。关于这一点,现代主义时期的各种讨论已经说得很多。众所周知,外部描写几乎是古典文学的一个共性。人物内心由行动来彰显,譬如延续至今的京剧表演,就像亚里士多德在《诗学》中明确指出的那样,动作(行为)作为情节的主要载体,是诗的核心所在。亚里士多德还说,"从某个角度来看,索福克勒斯是与荷马同类的模仿艺术家,因为他们都模仿高贵者;而从另一个角度来看,他又和阿里斯托芬相似,因为二者都模仿行动中的和正在做着某件事情的人们"。但同时他又对悲剧和喜剧的价值做出了评判,认为"喜剧模仿低劣的人;这些人不是无恶不作的歹徒——滑稽只是丑陋的一种表现"。这一定程度上道出了古希腊哲人对于文学崇高性的理解和界定。此外,在索福克勒斯看来,"作为一个整体,悲剧必须包括如下六个决定其性质的成分,即情节、性格、语言、思想、戏景和唱段",而"事件组合是成分中最重要的,因为悲剧模仿的不是人,而是行动和生活"。恩格斯关于批判现实主义的论述,也是以典型环境为基础的。但是,随着文学的内倾,外部描写逐渐被内心独白所取代,而意识流的盛行可谓世界文学由外而内的一个明证。

由强到弱则是文学人物由崇高到渺小,即从神至巨人至英雄豪杰到凡人乃至宵小的"弱化"或"矮化"过程。神话对于诸神和创世的想象见证了初民对宇宙万物的敬畏。古希腊悲剧也主要是对英雄传说时代的怀想。文艺复兴运动以降,虽然个人主义开始抬头,但文学并没有立刻放弃载道传统。只是到了 20 世纪,尤其是在现代主义和后现代主义时期,个人主义和主观主义才(当然还有虚无主义)开始大行其道。而眼下的跨国资本又分明加剧了这一趋势。于是,宏大叙事变成了自说自话。

由宽到窄是指文学人物的活动半径如何由相对宏阔的世界走向相对狭隘的空间。如果说古代神话是以宇宙为对象的,那么如今的文学对象可以说基本上是指向个人的。昆德拉在《受到诋毁的塞万提斯遗产》中就曾指出,"堂吉诃德启程前往一个在他面前敞开着的世界……最早的欧洲小说讲的都是一些穿越世界的旅行,而这个世界似乎是无限的"。但是,"在巴尔扎克那里,遥远的视野消失了……再往下,对爱玛·包法利来说,视野更加狭窄……"而"面对着法庭的 K,面对着城堡的 K,又能做什么"。但是,或许正因为如此,卡夫卡想到了奥维德及其经典的变形与背反。

由大到小,也即由大我到小我的过程。无论是古希腊时期的情感教育还是我国古代的文以载道说,都使文学肩负起了某种集体的、民族的、世界的道义。印度史诗和荷马史诗则从不同的角度宣达了东西方先民的外化的大我。但是,随着人本主义的确立与演化,世界文学逐渐放弃了大我,转而致力于表现小我,致使小我主义愈演愈烈,尤以当今文学为甚。固然,艺贵有我,文学也每每从小我出发,但指向和抱负、方法和视野却大相径庭,而文学经典之所以比史学更真实、比哲学更深广,恰恰在于其以己度人、以小见大的向度与方式。

上述五种倾向在文艺复兴运动和之后的自由主义思潮中呈现出加速发展态势。众所周知,自由主义思潮自发轫以来,便一直扮演着资本主义快车润滑剂的角色,其对近现代文学思想演进的推动作用同样不可小觑。它甫一降世便以摧枯拉朽之势颠覆了欧洲的封建制度、扫荡了西方的封建残余。但它同时也为资本主义保驾护航,并终使个人主义和拜物教所向披靡,技术主义和文化相对论甚嚣尘上。而文艺复兴运动作为人文主义或人本主义的载体,无疑也是自由主义的温床。14 世纪初,但丁在文艺复兴的晨光熹微中窥见了人性(人本)三兽:肉欲、物欲和狂妄自大。未几,大司铎鲁伊斯在《真爱之书》中把金钱描绘得惊心动魄,薄伽丘则以罕见的打着旗帜反旗帜的狡黠创作了一本正经的"人间喜剧"《十日谈》。15 世纪初,喜剧在南欧遍地开花,幽默讽刺和玩世不恭的调笑、恶搞充斥文坛。16 世纪初,西、葡殖民者带着天花占领大半个美洲,伊拉斯谟则复以恶意的快感在《疯狂颂》中大谈真正的创造者是人类下半身的"那样东西",唯有"那样东西"。17 世纪初,莎士比亚仍在其苦心经营的剧场里左右开弓,而塞万提斯却通过堂吉诃德使人目睹了日下世风和遍地哀鸿。18 世纪,自由主义鸣锣开张,从而加速了资本主义在经济基础和上层建筑的双向拓展……一不留神几百年弹指一挥间。如今,不论你愿意与否,世界被跨国资本拽上了腾飞的列车。

在此过程中,文学(经典的背反)始终没有停歇。这就是文学的矛盾,也是人类的矛盾。何去何从,有待我辈及后生努力。

## 陪伴老年的安慰

在"微"时代,在"二次元审美"时代,我的这篇文章够古板。但是,没法子啊!迄今为止,我人生的大多数时光都与书为伴、与文学为伴:幼时被迫背书,其中多半是一知半解的唐诗宋词和《古文观止》;儿时照例上学读书,少年则因"文革"失学而不得不窃书……一晃几十年过去,这世界终于使文学和书变成了老古董。我自己又何尝不是?

　　博尔赫斯认为书是由中国人发明的。他这么说是认真的，毫无谄媚之意。当然，他所说的书不包括泥板、贝叶和竹简，而是纸和印刷术发明之后的物事。这个蠹书虫，一辈子待在图书馆里，晚年曾经这样写道："我一直都在暗暗思量，天堂该是图书馆模样。"呵呵！只可惜我们这个发明了书的民族已经繁衍出了千百万连《红楼梦》都死活读不下去的后人。对于这些后人，我无话可说。他们中不乏今朝有酒今朝醉、轻松潇洒走一回的"爽人"，也不缺直言不讳地奉"不劳而获""逢赌必赢"为座右铭的"屌丝"。但愿他们万事胜意！我做不了庄子，也不想做惠子，鱼是不是快乐与我何干？我这么说也是认真的，且毫无吃不到葡萄说葡萄酸的醋意。因为，曾几何时，我们的先人言必称"诗书传家"。所谓"人生无非积善，传家唯有读书"，或者"万般皆下品，唯有读书高"，如此等等。当然，我并不完全相信古人的说法，却不知咋的就把读书当成了生活方式。

　　此外，问题在于古人所谓的读书，关键还在一个用字——博取功名的敲门砖是也。至于"黄金屋""颜如玉"之类则更不必说。"无用之用"实在只是极少数落寞文人反功利的自我慰藉罢了。这样说来，我们或我们的先辈其实也不尽是为读书而读书的。况且那年代唯书可资消遣、怡情，舍此其何？于是，我不得不扪心自问：你又何必责备后人、苛求来者？他们有他们的活法。再况且他们或他们的后人才是我们的评判者。

　　这是我等的命运、我等的幸福，也是我等的悲壮、我等的无如；我等无怨无悔。

212

但这又何尝不是人类的矛盾？

海德格尔说过，人的最大悲哀是"向死而在"；用德里达的话说，则是"知死而生"。它恐怕也是我们有别于其他动物的显证之一，但这个显证恰恰是人类的悲催。而文学多少可以使这种悲催显得不那么悲催。这也许是文学的另一个好处：人生最可信赖伴侣和安慰。此外，随着全球化和人工智能的扩展，作为人类情感的最佳表征，文学也许将取代乡思，成为未来儿童的最好记忆，一如神话是人类童年的最好记忆。

最后，其实没有最后，我要说的是：这是一篇可以无限延续的散文。说到散文，我又不能不感佩中文的美妙和丰饶。譬如这么一个简单的词，不仅西洋文字中找不到贴切的译法，而且连中文词典的释义也罕有贴切的。说体裁固可，谓风格亦然，却都有歧义。《现代汉语词典》有两种诠释：一、有别于韵文；二、有别于诗歌、戏剧和小说。不能说词典没有道理，却道不尽然，理犹可辨；顺便说说罢了，有意者不妨读读冯至先生主编、冯至和季羡林先生作序的《世界散文精华》。在此，我姑且将散文称之为文之文，非三言两语可以道得明、说得清，一如《世界文学》是永远鲜活、永远说不尽的书之书。

作为结语，我想最好是没有结语，盖因此时此地难为情：我本愚钝，终其一生也难就文学这座冰山说出几多令人信服、闻而不忘的好处来。但是，职业使然，我却天天徘徊于斯，试图接近它，以窥其全貌、循其逻辑、入其内核；同时，又唯恐不识冰山真面目，只缘身在此山中。为此，我常常借聂鲁达的诗句聊以

213

安慰。他说，"真正的诗人乃是每天赐予我们面包的人"。我猜，他说的这个人包括农民、工人及一切为了我们的生活和工作而忙碌的、不可或缺的各色人等。即或就文学而言，读者、编辑、作者、译者和学者也只是分工不同而已，没有高下尊卑之别。我们的职责是以最谦卑的方式对待共同的文学，对待文学从出并反哺、评骘和滋润的生活。于是，此时此刻，我又萌生了关于文学和文学经典的诸多思路，但因篇幅所限，不得不暂且打住，小憩一会儿。于是，我想起了诗人柯尔律治的那个多少有些玄奥且非常文学的问题：设若你梦见自己去了天堂，并从天使那里接过一枝玫瑰，而你醒来之时，玫瑰就在手中。又当如何？

# 后　记

## ——经典的逻辑

　　人不能事事躬亲、处处躬亲,但文学经典的多姿多彩赋予我们无数"亲历"的可能。我们在《红楼梦》中与贾宝玉、林黛玉同呼吸;我们自然也可以在《堂吉诃德》中同人物同悲欢、共命运。都说每一部经典是一束精神之光,而每一部文学经典不仅是精神之光,并且还是细致入微的情愫和活法:让人感同身受的鲜灵生命。因此,我不需要长生不死。文学已经让我活了上万年。

　　文学经典所提供的正是荀子所说的"以近知远,以一知万"的见微知著,同时也是孔子所说的"可以兴""可以观""可以群""可以怨",或者后人所谓的"陶、熔、诱、掖""熏、浸、刺、提",等等。然而,关于经典的一系列问题由于时代的变迁而被不断重提。比如,何为经典,经典是必然的还是偶然的,经典是历史的还是现时的,是世界的还是民族的,经典在认知方式、价值判断、审美取向方面有何共性,经典与时代社会的生产力和生产关系、经济基础和上层建筑关系何如,诸如此类的问题都还是常说常新，甚至悬而未决的。

　　说到经典重读或重估，自然会让人想到自然科学中的显学——过程学。是的，在自然科学的众多现代学科中有一门过程学。在各种过程研究中，有一种新兴技术叫生物过程技术，它的任务是用自然科学的最新成就，对生物有机体进行不同层次的定向研究，以求人工控制和操作生命过程，兼而塑造新的物种、新的生命。文学研究、经典赏析很大程度上也是一种过程学。从作家的创作过程到读者的接受过程，而作品则是其最为重要的介质或对象。问题是生物有机体虽活犹死，盖因细胞的每一次裂变即意味着一次死亡；而文学作品却往往虽死犹活，因为莎士比亚是"说不尽"的，"一千个读者就有一千个哈姆雷特"。

　　换言之，文学经典的产生往往建立在对以往经典的传承、翻新，乃至反动（或几者兼有之）的基础之上。传承和翻新不必说；但奇怪的是，即使反动，也每每无损以往作品的生命力，反而能使它们获得某种新生。这就使得文学不仅迥异于科学或者自然造物和社会存在的原因。它更像它的近亲——历史书写。套用阿瑞提的话说，如果没有哥伦布，迟早会有人发现美洲；如果伽利略没有发现太阳黑子，也总会有人发现。然而，历史可以重写，也不断被重写，用克罗齐的话说，"一切历史都是当代史"。同样，如果没有莎士比亚，也许会有人来创作《哈姆雷特》。有了《哈姆雷特》，也会有人来重写它。但它们肯定不是莎士比亚的这一个哈姆雷特。所谓文史不分家,其奥妙也许就在于斯。无论历史还是文学经典,即使有人重写,他们缘何不仅无损于原著的光辉,反而每每使它获得重生,甚至更加辉煌灿烂呢? 这自然是由文史创作的特殊性所决定的;尤其是文学,盖因文学是加法,是并存,是无数"这一个"之和。马克思关于古希腊神话的"童年说"和"武库说"众所周知。同时,文学是各民族的认知、价值、情感、审美和语言等诸多因素的综合体现。因此,文学既是民族文化及民族向心力、认同感的重要基础,也是使之立于世界之林而不轻易被同化的鲜活基因,是一国一族集体无意识最坚韧、最深层,同时也最鲜活的存在。也就是说,大到世界观,小到生活习俗,文学在各民族文化中起到了染色体的功用。独特的染色体保证了各民族在共通或相似的物质文明进程中保持着不断变化却又不可湮没的个性。唯其如此,世界文学和文化生态才丰富多彩,也才需要东西南北的相互交流和借鉴。同时,古今中外,文学终究是一时一地世道人心的艺术呈现,建立在无数个人活法、想法和写法基础之上,并潜移默化、润物无声地表达与传递、塑造与擢升着各民族活的灵魂。这正是文学不可或缺、无可取代的永久价值、恒久魅力之所在。

于是,文学犹如生活本身,是一篇亘古而来、今犹未竟的大文章。

此外,较之于创作,文学研究则更具有意识形态和上层建筑属性,因而更取决于生产力和社会形态、社会发展水平。这也是马克思主义的基本观点之一。如是,我国现代意义上的文学研究起步较晚,外国文学研究更是如此;因此,我们仍然只是筚路蓝缕、木铎启程。

与此同时,"天下熙熙,皆为利来;天下攘攘,皆为利往"。在全球化背景下,市场经济决定了世道人心,文学正在模糊界限,心灵鸡汤泛滥成灾,而经典却成了聊作谈资的无用之用。

当然,读书人的欢愉不是一般二般的人可以体察的。就像鞋子是否合适只有脚才知道,读书的感动也只有读书人自己明白。因此,当丁帆兄和王尧兄嘱我邀约十位同行参与这个文丛时,我就欣然应承了。

但是,甫一动手,就遇到了难题。首先是周遭同仁都忙于拿项目、挣工分,逗人读书、与人争鸣之类的物事已然罕有闲暇顾及了;其次是丁王二位仁兄强调深入浅出、言之有味、言之有物,既不要钻牛角尖式的博士论文,也不能是纵横捭阖、汪洋姿肆的自说自话自娱自乐。

好在我们谈论的都是大家、经典,而大家、经典是往往没有定评,且又分明自成逻辑。

于是,顺着他们或它们的逻辑,攫取生平阅读之一粟一瓢加以编纂、回味和推演,也便有了这本小书;唯愿其中点滴的感动和欢愉可供分享、可资商榷。

适逢人们"剁手"狂购经典之外的几乎一切物品。

2017 年 11 月 11 日于北京